未厌居习作

叶绍钧 著

中国青年出版社

开篇词——『老开明原版名家散文系列』

中国出版史上这样记载着：

开明书店——成立于1926年。

青年出版社——成立于1950年。

中国青年出版社——于1953年由开明书店和青年出版社合并而成立。

开明——中青，从此便有了血脉关系。八十多年的『开明』历史，超过一个甲子的『中青』历程，数代人辛勤劳作，培育出的是一座斑斓绚丽的昆仑园圃。我们采撷其中最美的一束花朵，敬献给深深关爱着我们的广大读者和作者。

愿这束花朵，在您的案头或手上散发馨香。

兒子的訂婚

十六歲的兒子將要和一個十五歲的少女訂婚了。是同住了一年光景的鄰居，彼此都還不脫孩子氣，談笑嬉游似乎不很意識到男女的界限。但是，看兩個孩子無邪地站在一塊又見到他們兩個的天眞和忠厚正復半斤八兩旁人便會想道「如果結爲配偶倒是相當的呢。」一天 S 夫人忽然向鄰居夫人和我妻提議道「我替你們的女兒子作媒吧。」兩個母親幾乎同時說「好的」笑容浮現到臉上表示這個提議正中下懷幾天之後，兩個父親對面談起這事來了。一個說「好的呀」一個用他的蘇州土白說「嘸啥」足見彼此都合了意。可是兩個孩子的意見如何是頂要緊的，便分頭徵詢徵詢的結果是這個也不開口那個也不回答少年對於這個問題的羞慚心理我們很能夠了解要他們像父母一般若無其事地說一聲「好的」或者「嘸啥」那是萬萬不肯的。我們只須看節，差不多可以入聖廟的樣子，但是一個堪為「士則」「世範」的中年人的完成，便是一個天真活潑爽直矯健的青年人的毀滅。一般中年人「悔其少作」說「那個時候真是胡鬧」彷彿當初曾經做過青年人是他們的絕大不幸，其實所有的中年人如果都這樣悔恨起來那纔是人間的絕大不幸呢。

在電影院裏可以看到中年人的另一方面臂彎裏抱着孩子後面跟着女人，或者加上一兩個大一點的孩子昂起了頭尋坐位牽住了人家的衣襟踏着了人家的鞋頭都不管都像沒有這囘事尋到坐位下來猶如佔領了一個王國明明是在稠人廣座中間，而那王國的無形的牆壁障蔽得十分周密，使他如入無人之境所有視聽的娛樂彷彿完全屬於那王國的；幾乎忘了同時還有別人存在這情形與青年情侶所表現的不同青年情侶在卿卿噥噥之外還要看看四圍顯示他們在廣衆中享受這樂趣的歡喜和驕傲中年人卻同作繭而自居其中的蠶蛹一樣不論什麼時候單只看見他自己的繭子。

已經是中年人了只希望不要走上那些中年人的路。

《未厌居习作》民国版本影印

四

自 序

　　我的散文曾经在十年前和俞平伯先生的散文合在一起，取名《剑鞘》，由朴社出版。以后写的，经过一番选剔，取名《脚步集》，由新中国书局出版。集子出版之后，自己看看，觉得像个样子的文篇不多，淘汰还不见得干净，引起深切的惭愧。最近两三年来，又写了一些散文。朋友劝说，不妨再来一本。我就把这些新作也选剔一番，再把《剑鞘》和《脚步集》里比较可观的几篇加进去，又补入当时搜寻不到的几篇，成为这一本集子。

　　我常常想，有志绘画的人无论爱好什么派头，或者预备开创什么派头，他总得从木炭习作入手。有志文艺的人也一样，自由自在写他的经验和意想就是他的木炭习作。无奈我们从前的国文教师不很留心这一层，所出题目往往教我们向自己的经验和意想以外去寻话说，这使我们在技术修练上吃了不小的亏。吃了亏只有想法补救，有什么经验就写，有什么意想就写，一方面可以给人家看看，一方面就好比学画的描画一个石膏人头。即使没有大的野心，不预备写什么传世的大作，这样修练也是有益的。能把自己的经验和意想畅畅快快地写出来，在日常生活上就有不少的便利。我是存着这种想头写这些散文的，所以给这一本集子取了个《习作》的名字。

一九三五年十二月，叶绍钧

目录

假如我有一个弟弟 …………………………………… 六六

「双双的脚步」 …………………………………… 六一

「怎么能……」 …………………………………… 五八

文明利器 …………………………………………… 五五

薪工 ………………………………………………… 五三

养蜂 ………………………………………………… 五〇

读书 ………………………………………………… 四七

三种船 ……………………………………………… 三五

几种赠品 …………………………………………… 三一

「昆曲」 …………………………………………… 二七

「说书」 …………………………………………… 二三

「苏州光复」 ……………………………………… 二〇

速写 ………………………………………………… 一七

天井里的种植 ……………………………………… 一一

牵牛花 ……………………………………………… 九

看月 ………………………………………………… 七

藕与莼菜 …………………………………………… 四

没有秋虫的地方 …………………………………… 一

七

水患 …… 一六二

诗人 …… 一五七

过节 …… 一五四

不甘寂寞 …… 一五〇

两法师 …… 一四一

与佩弦 …… 一三五

「心是分别不开的」 …… 一三四

没有日记 …… 一三三

战时琐记 …… 一三〇

随便谈谈我的写小说 …… 一一七

揹枪的生活 …… 一一三

回过头来 …… 一〇三

客语 …… 九六

将离 …… 九二

过去随谈 …… 八三

儿子的订婚 …… 八〇

中年人 …… 七七

做了父亲 …… 七二

没有秋虫的地方

阶前看不见一茎绿草，窗外望不见一只蝴蝶，谁说是鹁鸽箱里的生活，鹁鸽未必这样趣味干燥呢。秋天来了，记忆就轻轻提示道："凄凄切切的秋虫又要响起来了。"可是一点影响也没有，邻舍儿啼人闹弦歌杂作的深夜，街上轮震石响邪许并起的清晨，无论你靠着枕儿听，凭着窗沿听，甚至贴着墙角听，总听不到一丝的秋虫的声息。并不是被那些欢乐的劳困的宏大的清亮的声音掩没了，以致听不出来，乃是这里本没有秋虫这东西。啊，不容留秋虫的地方！秋虫所不屑居留的地方！

若是在鄙野的乡间，这时令满耳朵是虫声了。白天与夜间一样地安闲；一切人物或动或静，都有自得之趣；嫩暖的阳光或者轻淡的云影覆盖在场上，到夜呢，明耀的星月或者徐缓的凉风看守着整夜，在这境界这时间唯一的足以感动心情的就是秋虫的合奏。它们高，低，宏，细，疾，徐，作，歇，仿佛曾经过乐师的精心训练，所以这样地无可批评，踌躇满志，其实它们每一个都是神妙的乐师，众妙毕集，各抒灵趣，那有不成两间绝响的呢。

虽然这些虫声会引起劳人的感叹，秋士的伤怀，独客的微喟，思妇的低泣；但是这正是无上的美的境界，绝好的自然诗篇，不独是旁人最欢喜吟味的，就是当境者也感受一种酸酸的麻麻的味道，这种味道在一方面是非常隽永的。

大概我们所薪求的不在于某种味道，只要时时有点儿味道尝尝，就自诩为生活不空虚了。假若这味道是甜美的，我们固然含着笑意来体味它；若是酸苦的，我们也要皱着眉头辨尝它；这总比淡漠无味胜过百倍。我们以为最难堪而亟欲逃避的，唯有这一个淡漠无味！

所以心如槁木不如工愁多感，迷蒙的醒不如热烈的梦，一口苦水胜于一盏白汤，一场痛哭胜于哀乐两忘。但这里并不是说愉快乐观是要不得的，清健的醒是不须求的，甜汤是罪恶的，狂笑是魔道的。这里只说有味总比淡漠远胜罢了。

所以虫声终于是足系恋念的东西。又况劳人秋士独客思妇以外还有无量数的人，他们当然也是酷嗜味道的，当这凉意微逗的时候，谁能不忆起那美妙的秋之音乐？

可是没有，绝对没有！井底似的庭院，铅色的水门汀地，秋虫早已避去唯恐不速了。而我们没有它们的翅膀与大腿，不能飞又不能跳，还是死守在这里。想到"井底"与"铅色"，觉得象征的意味丰富极了。

一九二三年八月三十一日作

藕与莼菜

同朋友喝酒，嚼着薄片的雪藕，忽然怀念起故乡来了。若在故乡，每当新秋的早晨，门前经过许多的乡人：男的紫赤的臂膊和小腿肌肉突起，躯干高大且挺直，使人起康健的感觉；女的往往裹着白底青花的头布，虽然赤脚却穿短短的夏布裙，躯干固然不及男的这样高，但是别有一种康健的美的风致；他们各挑着一副担子，盛着鲜嫩玉色的长节的藕。在藕的家乡的池塘里，在城外曲曲弯弯的小河边，他们把这些藕一濯再濯，所以这样洁白了。仿佛他们以为这是供人体味的高品的东西，这是清晨的图画里的重要题材，假若满涂污泥，就把人家欣赏的浑凝之感打破了；这是一件罪过的事情，他们不愿意担在身上，故而先把它们濯得这样洁白了，才挑进城里来。他们想要休息的时候，就把竹扁担横在地上，自己坐在上面，随便拣择担里的过嫩的藕枪或是较老的藕朴，大口地嚼着解渴。过路的人便站住了，红衣衫的小姑娘拣一节，白头发的老公公买两节。清淡的甘美的滋味于是普遍于家家且人人了。这种情形，差不多是平常的日课，直要到叶落秋深的时候。

在这里，藕这东西几乎是珍品了。大概也是从我们的故乡运来的，但是数量不多，自有那些伺候豪华公子硕腹巨贾的帮闲茶房们把大部分抢去了；其余的便要供在大一点的水果铺子里，位置在金山苹果吕宋香芒之间，专待善价而沽。至于挑着担子在街上叫卖的，也并不是没有，但不是瘦得像乞丐的臂腿，便涩得像未熟的柿子，实在无从欣羡。因此，除了仅有的一回，我们今年竟不曾吃过藕。

这仅有的一回不是买来吃的，是邻舍送给我们吃的。他们也不是自己买的，是从故乡来的亲戚带来的。这藕离开它的家乡大约有好些时候了，所以不复呈玉样的颜色，却满被着许多锈斑。削去皮的时候，刀锋过处，很不顺爽。切成了片，送入口里嚼着，颇有点甘味，但没有一种鲜嫩的感觉，而且似乎含了满口的渣，第二片就不想吃了。只有孩子很高兴，他把这许多片嚼完，居然有半点钟工夫不再作别的要求。

因为想起藕又联想到莼菜。在故乡的春天，几乎天天吃莼菜。它本来没有味道，味道全在于好的汤。但这样嫩绿的颜色与丰富的诗意，无味之味真足令人心醉呢。在每条街旁的小河里，石埠头总歇着一两条篷船，满舱盛着莼菜，是从太湖里去捞来的。像这样地取求很便，当然能得日餐一碗了。

　　而在这里又不然；非上馆子，就难以吃到这东西。我们当然不上馆子，偶尔有一两回去扰朋友的酒席，恰又不是莼菜上市的时候，所以今年竟不曾吃过。直到最近，伯祥的杭州亲戚来了，送他几瓶装瓶的西湖莼菜，他送我一瓶，我才算也尝了新了。

　　向来不恋故乡的我，想到这里，觉得故乡可爱极了。我自己也不明白，为什么会起这么深浓的情绪？再一思索，实在很浅显的：因为在故乡有所恋，而所恋又只在故乡有，便萦着系着不能离舍了。譬如亲密的家人在那里，知心的朋友在那里，怎得不恋恋？怎得不怀念？但是仅仅为了爱故乡吗？不是的，不过在故乡的几个人把我们牵着罢了。若无所牵，更何所恋？像我现在，偶然被藕与莼菜所牵，所以就怀念起故乡来了。

　　所恋在那里，那里就是我们的故乡了。

一九二三年九月七日作

看月

住在上海的"弄堂房子"里的人对于月亮的圆缺隐现是不甚关心的。所谓"天井"，不到一丈见方的面积。至少十六支光的电灯每间里总得挂一盏。环境限定，不容你有关心到月亮的便利。走到路上，还没"断黑"已经一连串地亮着街灯。有月亮吧，就像多了一盏街灯。没有月亮吧，犹如一盏街灯损坏了，不曾亮起来。谁留意这些呢？

去年夏天，我曾经说过不大听到蝉声，现在说起月亮，我又觉得许久不看见月亮了。只记得某夜夜半醒来，对窗的收音机已经沉默了，隔壁的"麻将"也歇了手，各家的电灯都经熄灭，一道象牙色的光从南窗透进来，把窗棂印在我的被袱上。我略微感得惊异，随即想到原来是月亮光。好奇地要看看月亮本身，我向窗外望去。但是，一会儿，月亮被云遮没了。

从北平来的人往往说在上海这地方怎么"待"得住。一切都这样紧张。空

八

气是这样龌龊。走出去很难看见树木。诸如此类，他们可以举出一大堆。我想，月亮仿佛失去了这一点，也该是他们所认为在上海"待"不住的理由吧。若果如此，我倒并不同意在生活的诸般条件里列入必须看月亮一项，那是没有理由的。清旷的襟怀和高远的想象力未必定须由对月而养成。把仰望的双眼移注地面，同样可以收到修养上的效益，而且更见切实。可是，我并非反对看月亮，只是说即使不看也没有什么关系罢了。

最好的月色我也曾看过。那时在福州的乡下，地当闽江一折的那个角上。某夜，靠着楼栏直望，闽江正在上潮，受着月光，成为水银的洪流。江岸诸山略微笼罩着雾气，呈现新样的姿态，不复是平日看惯的那几座山了。月亮高高停在天空，非常舒泰的样子。从江岸直到我的楼下是一大片沙坪，月光照着，茫然一白，但带一点青的意味。不知什么地方送来晚香玉的香气。也许是月亮的香气吧，我这么想。我胸中不起一切杂念，大约历一刻钟之久，才回转身来看见蛎粉墙上印着我的身影，我于是重又意识到了我。

那样的月色如果能得再看几回，自然是愉悦的事情，虽然前面我说过"即使不看也没有什么关系。"

牵牛花

　　手种牵牛花，接连有三四年了。水门汀地没法下种，种在十来个瓦盆里。泥是今年又明年反复着用的，无从取得新的来加入。曾与铁路轨道旁边种地的那个北方人商量，愿出钱向他买一点，他不肯。

　　从城隍庙的花店里买了一包过磷酸骨粉，掺和在每一盆泥里，这算代替了新泥。

　　瓦盆排列在墙脚，从墙头垂下十条麻线，每两条距离七八寸，让牵牛的藤蔓缠绕上去。这是今年的新计划，往年是把瓦盆放在三尺光景高的木架子上的。这样，藤蔓很容易爬到了墙头；随后长出来的互相纠缠着，因自身的重量倒垂下来，但末梢的嫩条便又蛇头一般仰起向上伸，与别组的嫩条纠缠，待不胜重量时便重演那老把戏；因此墙头往往堆积着繁密的叶和花，与墙腰的部分不相称。今年从墙脚爬起，沿墙多了三尺光景的路程，或者会好一点；而且，这就将有一垛完全是叶和花的墙。

藤蔓从两瓣子叶中间引伸出来以后，不到一个月工夫，爬得最快的几株将要齐墙头了。每一个叶柄处生一个花蕾，像谷粒那样大，便转黄萎去。据几年来的经验，知道起头的一批花蕾是开不出来的；到后来发育更见旺盛，新的叶蔓比近根部的肥大，那时的花蕾才开得成。

今年的叶格外绿，绿得鲜明；又格外厚，仿佛丝绒裁剪成的。这自然是过磷酸骨粉的功效。他日花开，可以推知将比往年的盛大。

但兴趣并不专在看花。种了这小东西。庭中就成为系人心情的所在，早上才起，工毕回来，不觉总要在那里小立一会儿。那藤蔓缠着麻线卷上去，嫩绿的头看似静止的，并不动弹；实际却无时不回旋向上，在先朝这边，停一歇再看，它便朝那边了。前一晚只是绿豆般大一粒的嫩头，早起看时，便已透出二三寸长的新条，缀着一两张满被细白线毛的小叶子，叶炳处是仅能辨认形状的小花蕾，而末梢又有了绿豆般大一粒的嫩头。有时认着墙上的斑驳痕想，明天未必便爬到那里吧；但出乎意外，明晨已爬到了斑驳痕之上；好努力的一夜工夫！"生之力"不可得见；在这样小立静观的当儿，却默契了"生之力"了。渐渐地，浑忘意想，复何言说，只呆对着这一墙绿叶。

即使没有花，兴趣未尝短少；何况他日开花将比往年的盛大呢。

天井里的种植

搬到上海来十多年，一直住的弄堂房子。弄堂房子，内地人也许不明白是什么式样。那是各所一律的：前墙通连，隔墙公用；若干所房子成为一排；前后两排间的通路就叫做"弄堂"；若干条弄堂合起来总称什么里什么坊，表示那是某一个房主的房产。每一所房子开门进去是个小天井。天井，也许又有人不明白是什么。天井就是庭除；弄堂房子的庭除可真浅，只需三四步就跨过了，横里等于一所房子的阔，也不过五六步光景，如果从空中望下来，一定会觉得那个"井"字怪适当的。天井跨进去就是正间。正间背后横生着扶梯，通到楼上的正间以及后面的亭子间。因为房子并不宽，横生的扶梯够不到楼上的正间，碰到墙，转弯向前去，又是四五级，那才是楼板。到亭子间可不用加这四五级，所以亭子间比楼正间低。亭子间的下层是灶间；上层是晒台，从楼正间另一旁的扶梯走上去，近年来常常在文人笔下出现的亭子间就是这么局促闷损的居室。然而弄堂房子的结构确值得佩服；俗语说："麻雀虽小，五脏俱全"，弄堂房子就合着这样经济的条件。

住弄堂房子，非但栽不起深林丛树，就是几棵花草也没法种，因为天井里完全铺着水门汀。你要看花草只有种在盆里。盆里的泥往往是反复地种过了几种东西的，一点养料早被用完，又没处去取肥美的泥来加入，所以长出叶子来开出花朵来大都瘦小得可怜。有些人家嫌自己动手麻烦，又正有余多的钱足以对付小小的奢侈的开支，就同花园子约定，每个月送两回或者三回的盆景来；这样，家里就长年有及时的花草，过了时的自有花匠拿回去，真是毫不费事。然而这等人家的趣味大都在不缺少一种照例应有的点缀，自己的生活跟花草的生活却并没有多大的干系；只要看花匠拿回去的，不是干枯了叶子，就是折断了枝干，可见我这话没有冤枉了他们。再有些人家从小菜场买一点折枝截茎的花草，拿回来就插在花瓶里，不像日本人那样讲究什么"花道"，插成"乱柴把"或者"喜鹊窠"都不在乎；直到枯萎了，拔起来向垃圾桶一丢，就此完事。这除了"我家也有一点花草"以外，实在很少意味。

我们乐于亲近植物，趣味并不完全在看花。一条枝条伸出来，一张叶子展开来，你如果耐着性儿看，随时有新的色泽跟姿态勾引你的欢喜。到了秋天冬天，吹来几阵西风北风，树叶毫不留恋地掉将下来；这似乎最乏味了。然而你留心看时，就会发现枝条上旧时生着叶柄的处所，有很细小的一粒透漏出来，那就是来春新枝条的萌芽。春天的到来是可以预计的，所以你对着没有叶子的枝条也不至于感到寂寞，你有来春看新绿的希望。这固然不值一班珍赏家的一笑，在他们，树一定要寻求佳种，花一定要能够入谱，寻常的种类跟谱外的货色就不屑一看；但是，果能从花草方面得到真实的享受，做一个非珍赏家的"外行"又有什么关系。然而买一点折枝截茎的花草来插在花瓶里，那是无法得到这种享受的；叫花匠每个月送几回盆景来也不行，因为时间太短促，你不能读遍一种植物的生活史；自己动手弄盆栽当然比较好，可是植物入了盆犹如鸟儿进了笼，无论如何总显得拘束，滞钝，跟原来不一样。推究到底，只有把植物种在泥地里最好。可是哪里来泥地呢？弄堂房子的天井里有的是坚硬的水门汀！

把水门汀去掉；我时时这样想，并且告诉别人。关切我的人就提出了驳议。有两说：又不是自己的房产，给点缀花木犯不着，这是一说；谁知道这所房子住多少日子，何必种了花木让别人看，这是又一说。前者着眼在经济；后者只怕徒劳而得不到报酬。这种见识虽然不能叫我信服，可是究属好意；我对他们都致了感谢的意思。然而也并没有立刻动手。直到三年前的冬季，才真个把天井里的水门汀的两边凿去，只留当中一道，作为通路。水门汀下面满是砖砾，烦一个工人用了独轮车替我运开去。他就从不很近的田野里载回来泥土，倒在凿开的地方。来回四五趟，泥土同留着的水门汀一样平了。于是我买一些植物来种下，计蔷薇两棵，紫藤两棵，红梅一棵，芍药根一个。蔷薇跟紫藤都落了叶，但是生着叶柄的处所，萌芽的小粒已经透出来了，红梅满缀着花蕾，有几个已经展开了一两瓣；芍药根生着嫩红的新芽，像一个个笔尖，尤其可爱。我希望它们发育得壮健一点，特地从江湾买来一片豆饼，融化了，分配在各棵的根旁边；又听说芍药更需要肥料，先在安根处所的下面埋了一条猪的大肠。

不到两个月，一·二八战役起来了。停战以后，我回去捡残余的东西。天井完全给碎砖断枝掩没。只红梅的几条枝条伸了出来，还留着几个干枯的花萼；新叶全不见，大概是没有命了。当时心里充满着种种的愤恨，一瞥过后，就不再想到花呀草呀的事。后来回想起来，才觉得这回种植真是多此一举。既没有点缀人家的房产，也没有让别人看到什么，除了那棵红梅总算看到了半开以外，一点效果都没有得到，这才是确切的"犯不着"。然而当初提出驳议的人并不曾想到这一层。

去年秋季，我又搬家了。经朋友指点，来看这一所房子，才进里门，我就中了意，因为每所房子的天井都留着泥地，再不用你费事，只一条过路涂的水门汀。搬了进来之后，我就打算种点东西。一个卖花的由朋友家介绍过来了。我说要一棵垂杨，大约齐楼上的栏杆那么高。他说有，下礼拜早上送来。到了那礼拜天，一家人似乎有一位客人将要到来的样子，都起得很早。但是，报纸送来了，到小菜场去买菜的回来了，垂杨却没有消息。那卖花的"放生"了吧，不免感到失望。忽然，"树来了！树来了！"在弄堂里赛跑的孩子叫将起来。三个人扛着一棵绿叶蓬蓬的树，到门首停下；不待竖直，就认知这是杨树而并不是垂杨。为什么不带垂杨来呢？种活来得难哩，价钱贵得多哩，他们说出好些理由。不垂又有什么关系，具有生意跟韵致是一样的。就叫他们给我种在门侧；正是齐楼上的栏杆那么高。问多少价钱，两块四，我照给了。人家都说太贵，若在乡下，这样一棵杨树值不到两毛钱。我可不这么想。三个人的劳力，从江湾跑了十多里路来到我这里，并且有一棵绿叶蓬蓬的杨树，还不值这一点钱吗？就是普通的商品，譬如四毛钱买一双袜子，一块钱买三罐香烟，如果撇开了资本吸收利润这一点来说，付出的代价跟取得的享受总有点抵不过似的，因为每样物品都是最可贵的劳力的化身，而付出的代价怎样来的却未必每个人没有问题。

杨树离开了一会地土，种下去过了三四天，叶子转黄，都软软地倒垂了，但枝条还是绿的。半个月后就是小春天气，接连十几天的暖和，枝条上透出许多嫩芽来；这尤其叫人放心，现在吹过了几阵西风，节令已交小寒，这些嫩芽枯萎了。然而清明时节必将有一树新绿是无疑的。到了夏天，繁密的杨叶正好代替凉棚，遮护这小小的天井；那又合于家庭经济原理了。

杨树以外我又在天井里种了一棵夹竹桃，一棵绿梅，一条紫藤，一丛蔷薇，一个芍药根，以及叫不出名字来的两棵灌木，又有一棵小刺柏。是从前住在这里的人家留下来的。天井小，而我偏贪多；这几种东西长起来，必然彼此都不舒服。我说笑话，我安排下一个"物竞"的场所，任它们去争取"天择"吧。那棵绿梅花蕾很多，明后天有两三朵开了。

速写

———

密雨初收，海面漫着白色的雾气。时间是傍晚了。那些海岛化为淡淡的几搭影子。

十几条帆船系缆在石埠上，因波浪的激荡，时而贴近石埠，时而离得远些。客人的行李包裹都已放入船舱。船夫相对说笑，声音消散在苍茫之中；有几个在船艄睡觉，十分酣畅，仿佛全忘了等一会儿将有一番尽力挣扎的工作。

客人怀着游览以后的快感与不满或者朝过了圣地的虔敬的欢喜在石埠上等待，不免时时回头望那题着"南海圣境"的牌坊。牌坊可真恶俗，像上海、杭州大银楼的门面。

风紧，穿着单衫，颇有寒意。

"来了！"不知谁这样一声喊，石埠上与帆船上的人顿时动乱起来。我直望，白茫茫而外无所见。

在船舷与岸石击撞声中我们登了预定的帆船。站稳，手扶着夹持桅杆的木板。船夫匆匆地解缆，把舵，摇橹。那普陀的门户便向东旋转了。回看其他的船，有大半行在我们前头，相距十来丈远。

记起几年前的一个寒夜从江阴渡江，张着帆，风从侧面来，背风的一面船舷几乎没入水；渡客齐靠在受风的一面，两脚用力踏着舱板，仿佛觉得立刻会一脱脚横倒下来似的。两相比较，眼前这一点颠荡算不得什么了。

望见星儿般的几点光亮了，是开来的轮船上的电灯。定睛细认，我才看清了轮船的轮廓。我们这船并不准对着轮船行驶，欲取斜出的路径。

突然间船夫急促而力强地摇着橹；船尾好似增加了不少重量，致使船头昂起。这当儿船身轻捷地转了向，笔直前驶；轮船的左侧就在我们前面了。

当靠近轮船时，先已伸出的竹篙有如求援的手，嗒，一下，钩住了轮船的铁栏。船身便上下抛荡，像高速度的摩托车叠次经过陡峭的桥。左右两边是先到这里钩住了轮船的帆船，船舷和船舷相磨擦，相击撞；我想，我们这船会被挤得离开水面吧。

轮船并不停轮，伸出求援的手的帆船依附着它行进。它右侧的两扇铁门早经洞开，客人便攀援着铁栏或绳索慌乱地爬上去。行李包裹附着在肩背上或臂弯里，并没意义的叫喊声几乎弥漫于海天之间。

乘着轮船开行之势，我们这船与轮船并行了。昌群兄与小墨抢先爬了上去，混入纷乱的旅客中间。我提起小皮箱正想举足，一个浪头从两船间涌起，使船夫不得不让竹篙脱钩。船便离开了轮船。

"喂，喂，"我有点儿慌急。

嗒，一下，竹篙钩住了另一帆船的船尾，船夫指点我可从那里上轮船。

我跨上那帆船，蹒跚地走到它的左舷。浪头总想分开轮船与帆船的连接似的，又从两船间涌了起来。看船夫又将让竹篙脱钩，我只得奋力举一只脚踏上轮船的门限。不知谁伸给我一只手，我握住了，身子一腾跃，便离开了帆船。

门内是一个只排列坐椅的大统舱，电灯光耀得人目眩。

我立刻给热闷污臭的空气包围住了。

『苏州光复』

革命，一般市民都不曾尝过它的味道。报纸上记载着什么什么地方都光复了，眼见苏州地方的革命必不可免，于是竭尽想象的能力，描绘那将要揭露的一幕。想象实在贫弱得很，无非开枪和放火，死亡和流离。避往乡间去吧，到上海去作几时寓公吧，这样想的，这样干的，颇有其人。

但也有对于尚未见面的革命感到亲热的。理由却很简单。革了命，上头不再有皇帝，谁都成为中国的主人，一切事情就办得好了。这类人中以青年学生为多。上课简直不当一回事；每天赶早跑火车站，等候上海来的报纸，看前一天又有哪些地方光复了。

一天早上，市民互相悄悄地说："来了！"什么东西来了呢？原来就是那引人忧虑又惹人喜爱的革命。它来得这么不声不响，真是出乎全城市民的意料之外。倒马桶的农人依然做他们的倾注涤荡的工作，小茶馆里依然坐着一边洗脸一边打呵欠的茶客，只站岗巡警的衣袖上多了一条白布。

有几处桥头巷口张贴着告示，大家才知道江苏巡抚程德全换称了都督。那一方印信据说是仓促间用砚台刻成的。

青年学生爽然了，革命绝对不能满足他们的浪漫的好奇心。但是对于开枪、放火、死亡、流离惝惝然的那些人却欣欣然了，他们逃过了并不等闲的一个劫运。

第二年，地方光复纪念日的晚上，举行提灯会。初等小学校的学童也跟在各团体会员、各学校学生的后面，擎起红红绿绿的纸灯笼，到都督府的堂上绕行一周；其时程都督坐在偏左的一把藤椅上，拈髯而笑。

在绕行一周的当儿，学童便唱那习熟了的歌词。各学校的歌词不尽相同，但大多数唱下录的两首：

苏州光复，直是苏人福。

……………………

草木不伤，鸡犬不惊，军令何严肃？

我辈学生，千思万想，全靠程都督。

* * *

哥哥弟弟，大家在这里。

问今朝提灯欢祝，都为啥事体？

为我都督，保我苏州，永世勿忘记。

我辈学生，恭恭敬敬，大家行个礼。

可惜第一首的第二行再也想不起来了。这两首歌词虽然由学童唱出，虽然每一首有一句"我辈学生"，而并非学童的"心声"是显然的。

革命什么，不去管它。蒙了"官办革命"的福，"草木不伤，鸡犬不惊"，什么都得以保全，这是感激涕零，"永世"不能"忘记"的。于是借了学童的口吻，表达衷心的爱戴。此情此景，令人想起《豳风》《七月》的末了几句：

跻彼公堂，

称彼兕觥，

万寿无疆！

"说书"

因为我是苏州人，望道先生要我谈谈苏州的"说书"。我从七八岁的时候起，私塾里放了学，常常跟着父亲去"听书"。到十三岁进了学校才间断，这几年间听的"书"真不少。"小书"像《珍珠塔》、《描金凤》、《三笑》、《文武香球》，"大书"像《三国志》、《金台传》、《水浒》、《英烈》，都不止听了一遍，最多的到三遍四遍。但是现在差不多忘记干净了，不要说"书"里的情节，就是几个主要人物的姓名也说不齐全了。

"小书"说的是才子佳人。"大书"说的是江湖好汉跟历史故事，这是大概的区别。"小书"在表白里夹着唱词，唱的时候说书人弹着三弦；如果是两个人，另外一个人就弹琵琶或者打铜丝琴。"大书"没有唱词，完全是表白。说"大书"的那把黑纸扇比较说"小书"的更为有用，几乎是一切"道具"的代替品，李逵手里的板斧，赵子龙手里的长枪，胡大海手托的千斤石，诸葛亮不离手的鹅毛扇，都是那把黑纸扇。

说"小书"的唱唱词据说依"中州韵"的，实际上十之八九是方音，往往ㄣㄥ不分，"真""庚"同韵。唱的调子有两派：一派叫做"马调"；一派叫做"俞调"。"马调"质朴；"俞调"宛转。"马调"容易听清楚；"俞调"抑扬太多，唱得不好，把字音变了，就听不明白。"俞调"又比较是女性的，说书的如果是中年以上的人。勉强逼紧了喉咙，发出撕裂似的声音来，真叫人坐立不安，满身肉麻。

"小书"要说得细腻。《珍珠塔》里的陈翠娥私自把珍珠塔赠给方卿，不便明言，只说是干点心。她从闺房里取了珍珠塔走到楼梯边，心思不定，下了几级又回上去，上去了又跨下来，这样上下有好多回；后来把珍珠塔交到方卿手里了，再三叮嘱，叫他在路上要当心这干点心：这些情节在名手都有好几天可以说。于是听众异常兴奋，互相提示说，"看今天陈小姐下不下楼梯"，或者说，"看今天叮嘱完了没有。"

"大书"比较"小书"尤其着重表演。说书人坐在椅子上，前面是一张半桌，偶然站起来也不很容易回旋，可是同戏子上了戏台一样，交战打擂台，都要把双方的姿势做给人家看。据内行家的意见，这些动作要做得沉着老到，一丝不乱，才是真功夫。说到这等情节自然很吃力，所以这等情节也就是"大书"的关子。譬如听《水浒》前十天半个月就传说"明天该是景阳冈打虎了"，但是过了十天半个月，还只说到武松醉醺醺跑上冈子去。

说"大书"的又有一声"咆头"，算是了不得的"力作"。那是非常之长的喊叫，舌头打着滚，声音从阔大转到尖锐，又从尖锐转到奔放，有本领的喊起来，大概占到一两分钟的时间；算是勇夫发威时候的吼声。张飞喝断灞陵桥就是这么一声"咆头"。听众听到了"咆头"，散出书场去还觉得津津有味。无论"小书"和"大书"，说起来都有"表"跟"白"的分别。"表"是用说书人的口气叙述；"白"是说书人代书中人说话。所以"表"的部分只是说书人自己的声口，而"白"的部分必须起角色，生旦净丑，男女老少，各如书中人的身份。起角色的时候大概贴旦丑角之类仍旧用苏白，正角色就得说"中州韵"，那就是"苏州人说官话"了。

说书并不专说书中的事，往往在可以旁生枝节的地方加入许多"穿插"。"穿插"的来源无非《笑林广记》之类，能够自出心裁编排一两个"穿插"的自然是能手了。关于性的笑话最受听众欢迎，所以这类的"穿插"差不多每回可以听到。最后的警句说了出来之后，满堂听众个个哈哈大笑，一时合不拢嘴来。

书场设在茶馆里。除了苏州城里，各乡镇的茶馆也有书场。也不止苏州一地，大概整个吴方言区域全是这种说书人的说教地。这直到如今还是如此。听众是所谓绅士以及商人以及小部分的工人、农人。从前女人不上茶馆听书，现在可不同了。他们在书场里欣赏说书人的艺术，同时得到种种的人生经验：公子小姐的恋爱方式，何用式的阴谋诡诈，君师主义的社会观，因果报应的伦理观，江湖好汉的大块分金，大碗吃肉，超自然力的宰制人间，无法抵抗……也说不尽这许多，总之，那些人生经验是非现代的。

现在，书场又设到无线电播音室里去了。听众不用上茶馆，只要旋转那"开关"，就可以听到叮叮咚咚的弦索声或者海瑞华太师等人的一声长嗽，非现代的人生经验却利用了现代的利器来传播，这真是时代的讽刺。

「昆曲」

昆曲本是吴方言区域里的产物，现今还有人在那里传习。苏州地方，曲社有好几个，退休的官僚，现任的善堂董事，从课业练习簿的堆里溜出来的学校教员，专等冬季里开栈收租的中年田主少年田主，还有诸如此类的一些人，都是那几个曲社里的社员。北平并不属于吴方言区域，可是听说也有曲社，又有私家聘请了教师学习的，在太太们，能唱几句昆曲算是一种时髦。除了这些"爱美的"唱曲家偶尔登台串演以外，"职业的"演唱家只有一个班子，这是唯一的班子了，就是上海大千世界的仙霓社。逢到星期日，没有什么事情来逼迫，我也偶尔跑去，看他们演唱，消磨一个下午。

演唱昆曲是厅堂里的事情。地上铺了一方红地毯，就算是剧中的境界，唱的时候笛子是主要的乐器，声音当然不会怎么响，但是在一个厅堂里，也就各处听得见了。搬上旧式的戏台去，虽然在一个并不广大的戏院子里，就不及评剧那样容易叫全体观众听清，如果搬上新式的舞台去，那简直没有法子听，大概坐在第五六排的人就只看见演员拂袖按鬓了。我不曾做过考据工夫，不知道什么时候才有演唱昆曲的戏院子。从一些零星的记载上看来，似乎明朝时候只有绅富家里养着私家的戏班子。《桃花扇》里有陈定生一班文人向阮大铖借戏班子，要到鸡鸣埭上去吃酒，看他的《燕子笺》，也可以见得当时的戏不过是几十个人看看的东西罢了。我十几岁的时候，苏州城外有演唱评剧的戏院子两三家，演唱昆曲的戏院子是不常有的，偶尔开设起来，开锣不久，往往因为生意清淡就停闭了。

　　昆曲彻头彻尾是士大夫阶级的娱乐品，宴饮的当儿，叫养着的戏班子出来串演几出，自然是满写意的。而那些戏本子虽然也有幽期密约，劫盗篡夺，但是总之归结到教忠教孝，劝贞劝节，神佛有灵，人力微薄，这除了供给娱乐以外，对于士大夫阶级也尽了相当的使命。就文词而论，据内行家说，多用词藻故实是不算稀奇的，而像元曲那样亦文亦话，才是本色。然而就是像了元曲，又何尝能够句句同口语一般，听进耳朵就明白？况且昆曲的调子有非常迂缓的，一个字延长到了十几拍，那就无论如何讲究辨音，讲究发声跟收声，听的人总之难以听清楚那是什么字了。所以，听昆曲先得记熟曲文；自然，能够通晓曲文里的词藻跟故实那就尤其有味。这又岂是士大夫阶级以外的人所能办到的？当初编撰戏本子的人原来不曾为大众设想，他们只就自己的天地里选取一些材料，演成悲欢离合的故事，借此娱乐自己，教训同辈，或者发发牢骚。谁如果说昆曲太不顾到大众，谁就是认错了题目。

昆曲的串演，歌舞并重。舞的部分就是身体的各种动作跟姿势，唱到哪一个字，眼睛应该看哪里，手应该怎样，脚应该怎样，都由老师傅传授下来，世代遵守着。动作跟姿势大概重在对称，向左方做了这么一个舞态，接下来就向右方也做这么一个舞态，意思是使台下的看客得到同等的观赏。譬如《牡丹亭》里的《游园》一出，杜丽娘小姐跟春香丫头就是一对舞伴，自从闺中晓妆起，直到游罢回家止，没有一刻不是带唱带舞，而且没有一刻不是两个人互相对称的。这一点似乎比较评剧跟汉调来得高明。前年看见过一本《国剧身段谱》，详记评剧里各种角色的各种姿势，实在繁复非凡；可是我们去看评剧，就觉得演员很少有动作，如《李陵碑》里的杨老令公，直站在台边尽唱，两手插在袍甲里，偶尔伸出来挥动一下罢了。昆曲虽然注重动作跟姿势，也要演员能够体会才好，如果不知道所以然，只是死守着祖传表演，也就跟木人戏差不多。

昆曲跟评剧在本质上没有多大差别，然而后者比较适合于市民，而士大夫阶级已无法挽救他们的没落，所以昆曲的被淘汰是必然的。这个跟麻将代替了围棋，划拳代替了酒令，是同样的情形。虽然有曲社里的人在那里传习，然而可怜得很，有些人连曲文都解不通，字音都念不准，自以为风雅，实际却是薛蟠那样的哼哼，活受罪；等到一个时会到来，他们再没有哼哼的余闲，昆曲岂不将就此"绝响"，这也没有什么可惜，昆曲原不过是士大夫阶级的娱乐品罢了。

有人说，有大学文科里的"曲学"一门在。大学文科里分门这样细，有了诗，还有词，有了词，还有曲，有了曲，还有散曲跟剧曲，有了剧曲，还有元曲研究跟传奇研究，我只有钦佩赞叹，别无话说。如果真是研究，把曲这样东西看做文学史里的一宗材料，还它一个本来面目，那自然是正当的事。但是人的癖性，往往会因为亲近了某一种东西，生出特别的爱好心情来，以为天下之道尽在于是。这样，就离开研究二字不止十里八里了。我又听说某一个大学里的"曲学"一门功课，教授先生在教室里简直就教唱昆曲，教台旁边坐着笛师，笛声嘘嘘地吹起来，教授先生跟学生就一同爱爱爱——地唱着。告诉我的那位先生说这太不成话了，言下颇有点愤慨。我说，那位教授先生大概还没有知道，仙霓社的台柱子，有名的巾生顾传玠，因为唱昆曲没有前途，从前年起丢掉本行，进某大学当学生去了。

这一回又是望道先生出的题目。真是"漫谈"，对于昆曲一点也没有说出中肯的话。

几种赠品

两个月前，按到厦门寄来一封信。拆开来看，是不相识的广洽和尚写的；附带赠我一张弘一法师最近的相片。信上说我曾经写过那篇《两法师》，一定乐于得到弘一法师的相片。猜知人家欢喜什么，就教人家享有那种欢喜，遥远的阻隔不管，彼此还没有相识也不管，这种情谊是很可感的。我立刻写信回答广洽和尚；说是谢，太浮俗了，我表示了永远感激的意思。

相片是六寸头，并非"艺术照相"；布局也平常，跟身旁放着茶几，茶几上供着花盆茶盅的那些相片差不多。寺院的石墙作为背景，正受阳光，显得很亮；靠左一个石库门，门开着，画面就有了乌黑的长方形。地上铺着石板，平，干净。近墙种一棵树，比石库门高一点，平行脉叶很阔大，不知道是什么；根旁用低低的石栏围成四方形，栏内透出些兰草似的东西。一张半桌放在树的前面，铺着桌布；陈设的是两叠经典，一个装着画佛的镜框子，以及一个花瓶，瓶里插着菊科的小花。这真所谓一副拍照的架子；依弘一法师的艺术眼光看来，也许会嫌得太呆板了；然而他对不论什么都欢喜满足，人家给他这样布置了，请他坐下来的时候，他大概连连地说"好的，好的"吧。他端坐在半桌的左边；披着袈裟，褶痕很明显，右手露出在袖外，拈着佛珠；脚上还是穿着行脚僧的那种布缕纽成的鞋。他现在不留胡须了，嘴略微右歪，眼睛细小，两条眉毛距离得很远；比较前几年，他显得老了，可是他的微笑里透露出更多的慈祥。相片上题着十个字"甲戌九月居晋水兰若造"，是他的亲笔；照相师给印在前方垂下来的桌布上，颇难看。然而，我想，他看见的时候，大概还是连连地说"好的，好的"吧。

收到照片以后不多几天，弘一法师托人带来两个瓷碟子，送给丏尊先生跟我。郑重地封裹着，一张纸里面又是一张纸；纸面写上嘱咐的话，请带来的人不要重压。贴着碟子有个条子："泉州土产瓷碟二个，绘画美丽，堪与和兰瓷媲美，以奉丏尊、圣陶二居士清赏。一音。"书法极随便，不像他写经语佛号的那些字幅的谨严，然而没有一笔败笔，通体秀美可爱。

瓷碟子的直径大约三寸。上质并不怎样好，涂上了釉，白里泛一点青；跟上海缸鬶店里出卖的最便宜的碗碟差不多。中心画着折枝；三簇叶子像竹叶，另外几簇却又像蔷薇；花三朵，都只有阔大的五六瓣，说不来像什么；一只鸟把半朵花掩没了，全身轮廓作半月形，翅膀跟脚都没有画。叶子着的淡绿；花跟鸟头，淡朱；鸟身跟鸟是几乎辨不清的淡黄。从笔姿跟着色看，很像小学生的美术科的成绩。和兰瓷是怎样的，我没有见过；只觉得这碟子比较那些金边的画着工细的山水人物的可爱。可爱在哪里，贪省力的回答自然只消"古拙"二字；要说得精到一点，恐怕还有旁的道理呢。

前面说起照片，现在再来记述一张照片。贺昌群先生游罢华山，寄给我一张十二寸的放大片。前几年他在上海，亲手照的相我见过好些，这一张该是他的"得意之作"了。

这一张是直幅，左边峭壁，右边白云，把画面斜分作两半。一条栈道从左下角伸出来，那是在山壁上凿成的仅能通过一个人的窄路；靠右歪斜地立着木栏杆，有几个人扶着木栏杆向上走去。路一转往左，就只见深黑的一道裂缝；直到将近左上角，给略微突出的石壁遮没了。后面的石壁有三四处极大的凹陷，都作深黑，使人想那些也许是古怪的洞穴。所有的石壁完全赤裸裸的，只后面的石壁的上部挺立着一丛柏树：枝条横生，疏疏落落地点缀着细叶，类似"国画"的笔法。右边半幅白云微微显出浓淡；右上角还有两搭极淡的山顶，这就不嫌寂寞，勾引人悠远的想象。——这里叫做长空栈，是华山有名的险峻处所。

最近接到金叶女士封寄的两颗红豆。附信的大意说，家乡寄来一些红豆，同学看见了一抢而光。这两颗还是偷偷地藏起来的，因为好玩，就寄来给我。过一些时，更要变得鲜红呢。从小读"红豆生南国"的诗，就知道红豆这个名称，可是没有见过实物。现在金叶女士教我长些见识，自然欢喜。

红豆作扁荷包形，跟大豆蚕豆绝不相像。皮朱红色，光泽；每面有不规则形的几搭略微显得淡些。一条洁白的脐生在荷包开口的部分，像小孩子的指甲。红豆向来被称为树而有这生在荚内的果实，大概是紫藤一般的藤本。豆粒很坚硬，听说可以久藏。如果拿来镶戒指，倒是别有意趣的。

这里记述了近来得到的几种赠品。比较起名画跟古董来，这些东西尤其可贵，因为这些东西浸渍着深厚的情谊。

三种船

一连三年没有回苏州去上坟了。今年秋天有一点空闲，就去上一趟坟。上坟的意思无非是送一点钱给看坟的坟客，让他们知道某家的坟还没有到可以盗卖的地步罢了。上我家的坟得坐船去。苏州人上坟本来大都坐船，天气好，逃出城圈子，在清气充塞的河面上畅快地呼吸一天半天，确是非常舒服的事情。这一趟我去，雇的是一条熟识的船。涂着的漆差不多剥落光了，窗框歪斜，平板破裂，一副残废的样子。问起船家，果然，这条船几年没有上岸了。今年夏季大旱，船只好胶住在浅浅的河浜里，哪里还有什么生意，更哪里来钱上岸修理。就是往年除了春季上坟，船也只有停在码头上迎晓风送夕阳的份儿，要想上岸，就好比叫花子做寿一样困难。因为时世变了，近地往来，有黄包车可以代步，远一点到各乡各镇去，都有了小轮船，不然，可以坐绍兴人的"当当船"也并不比小轮船慢，而且价钱都很便宜。如果没有上坟这一件事情，苏州城里的船只怕要劈做柴烧了吧。而上坟的事情大概是要衰落下去的，就像我，已经改变到三年上一趟坟了。

苏州城里的船叫做"快船"，同别地的船比较起来，实在是并不快的。因为不预备经过什么长江大湖，所以吃水很浅，船底阔而平。除了船头是露天的以外，分做头舱、中舱跟艄篷三部分。头舱可以搭高来，让人站直不至于碰头顶。两旁边各有两把或者三把小巧的靠背交椅，又有小巧的茶几。前檐挂着红绿的明角灯，明角灯又挂着红绿的流苏。踏脚的是广漆的平板，普通六块，由横的直的木条承着。揭开平板，下面是船家的储藏库。中舱也铺着若干块平板，可是差不多密贴船底，所以从头舱到中舱得跨下一尺多。中舱两旁边是两排小方的窗子，上面的一排可以吊起来，第二排可以卸去，以便靠着船舷眺望。以前窗子都用明瓦，或者在拼凑的明瓦中间镶这么一小方玻璃，后来玻璃来得多了，就完全用玻璃。中舱同头舱艄篷分界处都有六扇书画小屏门，上面下面装在不同的几条槽里，要开要关，只须左右推移。书画大多是金漆的，无非"寒雨连江夜入吴""月落乌啼霜满天"以及梅兰竹菊之类。中舱靠后靠右搁着长板，供客憩坐。如果过夜，只要靠后多拼一两条长板，就可以摊被褥。靠左当窗放一张小方桌子，桌子旁边四张小方凳。如果在小方桌子上放上圆桌面，十来个人就可以聚餐。靠后靠右的长板以及头舱的平板都是座头，小方凳摆在角落里凑数。末了说到艄篷，那是船家整个的天地。艄篷同头舱一样，平板以下还有地位，放着锅灶碗橱以及铺盖衣箱种种东西。揭开一块平板，船家就蹲在那里切肉煮菜。此外是摇橹人站立着摇橹的地方。橹左右各一把，每把由两个人服事，一个当橹柄，一个当橹绳。船家如果有小孩子，走不来的躺在困桶里，放在翘起的后艄，能够走的就让他在那里爬，拦腰一条绳缚着，系在篷柱上，以防跌到河里去。后艄的一旁露出四条圆棍子，一顺地斜并着，原来大概是护船的武器，但后来转变为装饰品了。全船除着水的部分以外，窗门板柱都用广漆，所以没有他种船上常有的那种难受的桐油气味。广漆的东西容易揩干净，船旁边有的是水，只要船家不懒惰，船就随时可以明亮爽目。

从前，姑奶奶回娘家哩，老太太望小姐哩，坐轿子嫌得吃力，就唤一条快船坐了去。在船里坐得舒服，躺躺也不妨，又可以吃茶，吸水烟，甚而至于抽大烟，只是城里的河道非常脏，有人家倾弃的垃圾，有染坊里放出来的颜色水，淘米净菜洗衣服洗马桶又都在河旁边干，使河水的颜色跟气味变得没有适当的字眼可以形容。有时候还浮着肚皮胀得饱饱的死猫或者死狗的尸体。到了夏天，红里子白里子黄里子的西瓜皮更是洋洋大观。苏州城里河道多，有人就说是东方的威尼斯。威尼斯像这个样子，又何足羡慕呢？这些，在姑奶奶老太太之类是不管的，只要小天地里舒服，以外尽不妨马虎，而且习惯成自然，那就连抬起手来按住鼻子的力气也不用花。城外的河道宽阔清爽得多，到附近的各乡各镇去，或逢春秋好日子游山玩景，以及干那宗法社会里重要事项——上坟唤一条快船去当然最为开心。船家做的菜是菜馆里所比不上的，特称"船菜"。正式的船菜花样繁多，菜以外还有种种点心，一顿吃不完，非正式的烧几样也还是精，船家训练有素，出手总不脱船菜的风格。拆穿了说，船菜的所以好就在于只预备一席小镬小锅，做一样是一样，汤水不混合，材料不马虎，自然每样有它的真味，教人吃完了还觉得馋馋地。倘若船家进了菜馆里的厨房，大镬炒虾大锅煮鸡，那也一定会有坍台的时候。话得说回头来，船菜既然好，坐在船里又安舒，可以看望，可以谈笑，也可以狎妓打牌，于是快船常有求过于供的情形。那时候，游手好闲的苏州人还没有识得"不景气"的字眼，脑子里也没有类似"不景气"的想头，快船就充当了适应时地的幸运儿。

除了做船菜，船家还有一种了不得的本领，就是相骂。相骂如果只会防御，不会进攻，那不算稀奇。三言两语就完，不会像藤蔓一样纠缠不休，也只能算次等角色。纯是常规的语法，不会应用修辞学上的种种变化，那就即使纠缠不休也没有什么精彩。船家跟人家相骂起来，对于这三层都能毫无遗憾，当行出色。船在狭窄的河道里行驶，前面有一条乡下人的柴船或者

　　什么船冒冒失失地摇过来，看去也许会碰撞一下，船家就用相骂的口吻进攻了，"你瞎了眼睛吗？这样横冲直撞是不是去赶死？"诸如此类。对方如果有了反响，那就进展到纠缠不休的阶段，索性把摇橹拉篙的手停住了，反复再四地大骂，总之错失全在对方，所以自己的愤怒是不可遏制的。然而很少弄到动武，他们认为男人盘辫子女人扭胸脯并不属于相骂的范围。这当儿，你得欣赏他们的修辞的才能。要举例子，一时可记不起来，但是在听到他们那些话语的时候，你一定会想，从没有想到话语可以这么说的，然而唯有这么说，才可以包含怨恨，刻毒，傲慢，鄙薄，种种的成分。编辑人生地理教科书的学者只怕没有想到吧，苏州城里的河道养成了船家相骂的本领。

　　他们的摇船技术因为是在城里的河道训练成功的，所以长处在能小心谨慎，船跟船擦身而过，彼此不碰撞。到了城外去，遇到逆风固然也会拉纤。遇到顺风固然也会张一扇小巧的布篷，可是比起别种船上的驾驶人来，那就不成话了。他们敢于拉纤或者张篷的时候，风一定不很大，如果真个遇到大风，他们就小心谨慎地回复你，今天去不成。譬如我去上坟必须经过的石湖，虽然吴瞿安先生曾经作诗说"天风浪浪"，什么什么以及"群山为我皆低昂"，实在是一个并不怎么阔大的湖面，旁边只有一座很小的上方山，每年阴历八月十八，许多女巫都要上山去烧香的。船家一听说要过石湖就抬起头来看天，看有没有起风的意思。等到进了石湖，脸色不免紧张起来，说笑也都停止了。听得船头略微有汩汩的声音，就轻轻地互相警戒，"浪头！浪头！"有一年我家去上坟，风在十点过后大起来，船家不好说回转去，就坚持着不过石湖。这一回难为了我们的腿，来回跑了二十里光景才上成了坟。

　　现在来说绍兴人的"当当船"。那种船上备着一面小锣，开船的时候就当当当当敲起来，算是信号，中途经过市镇，又当当当当敲起来，招呼乘客，因此得了这奇怪的名称。我小时候，苏州地方并没有那种船。什么时候开头有的，我也说不上来。直到我到甪直去当教师，才同那种船有了缘。船停泊在城外，据传闻，是同原有的航船有过一番斗争的。航船见它来抢生意，不免设法阻止。但是"当当船"的船夫只管硬干，你要阻止他们，他们就同你打。大概交过了几回手吧，航船夫知道自己不是那些绍兴人的敌手，也就只好用鄙夷的眼光看他们在水面上来去自由了。中间有没有立案呀登记呀那些手续，我可不清楚，总之那些绍兴人用腕力开辟了航路是事实。我们有一句话，"麻雀豆腐绍兴人"，意思是说有麻雀豆腐的地方也就有绍兴人，绍兴人跟麻雀豆腐一样普遍于各地。试把"当当船"跟航船比较就可以证明绍兴人是生存斗争里的好角色，他们跟麻雀豆腐一样普遍于各地，自有所以然的原因。这看了后文就知道，且让我先把"当当船"的体制叙述一番。

　　"当当船"属于"乌篷船"的系统，方头，翘尾巴，穹形篷，横里只够两个人并排坐，所以船身特别见得长。船旁涂着绿油，底部却涂红油，轻载的时候，一道红色露出水面，同绿色作强烈的对照。篷纯黑色。舵或者红或者绿，不用，就倒插在船艄，上面歪歪斜斜写着所经乡镇的名称，大多用白色。全船的材料很粗陋，制作也将就，只要河水不至于灌进船里就算数，横一条木条，竖一块木板，像破衣服上的补缀一样，那是不在乎的。我们上旁的船，总是从船头走进舱里去。上"当当船"可不然，我们常常踏在船边，从推开的两截穹形篷的中间，把身子挨到舱里去。这因为船头的舱门太小了，要进去必须弯曲了身子钻，不及从船边挨进舱去来得爽快。大家既然不欢喜钻舱门，船夫有人家托运的货品就堆在那里，索性把舱门堵塞了。可是踏上船边很要当心。西湖划子的活动不稳定，到过杭州的人一定有数，"当当船"比西湖划子大不了多少，它的活动不稳定也就跟西湖划子不相上下。你得迎着势，让重心落在踏着船边的那一只脚上，然后另外一只脚轻轻伸下去，点着舱里铺着的平板。进了舱你就得坐下来。两旁靠船边搁着又狭又薄的长板就是座位，这高出铺着的平板不过一尺光景，所以你坐下来就得耸起你的两个膝盖，如果对面也有人，那就实做"促膝"了。背心可以靠在船篷上，躯干最好不要挺直，挺直了头触着篷顶，你不免要起局促之感。先到的人大多坐在推开的两截穹形篷的空

四
二

当里，这虽然是出入要道，时时有偏过身子让人家的麻烦，却是个优越的地位，透气，看得见沿途的景物，又可以轮流把两臂搁在船边，舒散舒散久坐的困倦。然而遇到风雨或者极冷的天气，船篷必得拉拢来，那地位也就无所谓优越，大家一律平等，埋没在含有恶浊气味的阴暗里。

"当当船"的船夫差不多没有四十以上的人，身体都强健，不懂得爱惜力气，一开船就拼命摇。五个人分两面站在高高翘起的船艄上，每人管一把橹，一手当橹柄，一手当橹绳。那橹很长，比较旁的船上的来得轻薄。当推出橹柄去的时候，他们的上身也冲了出去，似乎要跌到河里去的模样。接着把橹柄挽转来，他们的身子就往后顿，仿佛要坐下来一般。五把橹在水里这样强力地划动，船身就飞快地前进了。有时在船间加一把桨，一个人背心向前坐着，把它扳动，那自然又增加了速率，只听得河水活活地向后流去，奏着轻快的曲调。船夫一边摇船，一边随口唱绍兴戏，或者互相说笑，有猥亵的性谈，有绍兴风味的幽默谐语。因此，他们就忘记了疲劳，而旅客也得到了解闷的好资料。他们又欢喜同旁的船竞赛，看见前面有一条什么船，船家摇船似乎很努力，他们中间一个人发出号令说"追过它"，其余几个人立即同意，推呀挽呀分外用力，身子一会儿直冲出去，一会儿倒仰回来，好像忽然发了狂。不多时果然把前面的船追过了，他们才哈哈大笑，庆贺自己的胜利，同时回复到原先的速率。因为他们摇得快，比较性急的人都欢喜坐他们的船，譬如从苏州到甪直是四九路，同样地摇，航船要六个钟头，"当当船"只要四个钟头，早两个钟头上岸，即使不做什么事，身体究竟少受些拘束，何况船价同样是一百四十文，十四个铜板（这是十五年前的价钱，现在总得加多了）。

风顺，"当当船"当然也张风篷。风篷是破衣服，旧挽联，干面袋等等材料拼凑起来的，形式大多近乎正方。因为船身不大，就见得篷幅特别大，有点不相称。篷杆竖在船头舱门的地位，是一根并不怎么粗的竹头，风越大，篷杆越弯，把袋满了风的风篷挑出在船的一边。这当儿，船的前进自然更快，听着哗——的水声，仿佛坐了摩托船。但是胆子小一点的人就不免惊慌，因为船的两边不平，低的一边几乎齐了水面，波浪大，时时有水花从舱篷的缝里泼进来。如果坐在低的一边，身体被动地向后靠着，谁也会想到船一翻自己就最先落水。坐在高的一边更得费力气，要把两条腿伸直，两只脚踏紧在平板上，才不至于脱离座位，跌扑到对面的人的身上去。有时候风从横里来，他们也张风篷，一会儿篷在左边，一会儿调到右边，让船在河面上尽画着曲线。于是船的两边轮流地一高一低，旅客就好比在那里坐幼稚园里的跷跷板，"这生活可难受"，有些人这样暗自叫苦。然而"当当船"很少失事，风势真个不对，那些船夫还有硬干的办法。有一回我到甪直去，风很大，饱满的风篷几乎蘸着水面，虽然天气不好，因为船行非常快，旅客都觉得高兴。后来进了吴淞江，那里江面很阔，船沿着"上风头"的一边前进。忽然呼呼地吹来更猛烈的几阵风，风篷着了湿重又离开水面。旅客连"哎哟"都喊不出来，只把两只手紧紧地支撑着舱篷或者坐身的木板。扑通，扑通，三四个船夫跳到水里去了。他们一齐扳住船的高起的一边，待留在船上的船夫把风篷落了下来，他们才水淋淋地爬上船舳，湿了的衣服也不脱，拿起橹来就拼命地摇。

说到航船，凡是摇船的跟坐船的差不多都有一种哲学，就是"反正总是一个到"主义。反正总是一个到，要紧做什么？到了也没有烧到眉毛上来的事，慢点也呒啥。所以，船夫大多衔着一根一尺多长的烟管，闭上眼睛，偶尔想到才吸一口，一管吸完了，慢吞吞捻了烟丝装上去，再吸第二管，正同"当当船"上相反，他们中间很少四十以下的人。烟吸畅了，才起来理一理篷索，泡一壶公众的茶。可不要当做就会开船了，他们还得坐下来谈闲天。直到专门给人家送信带东西的"担子"回了船，那才有点儿希望。好在坐船的客人也不要不紧，隔十多分钟二三十分钟来一个两个，下了船重又上岸，买点心哩，吃一开茶哩，又是十分一刻。有些人买了烧酒豆腐干花生米来，预备一路独酌。有些人并没有买什么，可是带了一张源源不绝的嘴，还没有坐定就乱攀谈，挑选相当的对手。在他们，迟一点到实在不算一回事，就是不到又何妨？坐惯了轮船火车的人去坐航船，先得做一番养性的功夫，不然这种阴阳怪气的旅行，至少会有三天的闷闷不乐。

航船比"当当船"大得多，船身开阔，舱篷作方形，木制，不像"当当船"那样只有用芦席，艄篷也宽大，雨落太阳晒，船夫都得到遮掩。头舱中舱是旅客的区域。头舱要盘膝而坐。中舱横搁着一条条的长板，坐在板上，小腿可以垂直。但是中舱有的时候要装货，豆饼菜油之类装满在长板下面，旅客也只得搁起了腿坐了。窗是一块块的板，要开就得卸去，不卸就得关上。通常两旁各开一扇，所以坐在舱里那种气味未免有点难受。坐得无聊，如果回转头去看艄篷里那几个老头子摇船，就会觉得自己的无聊才真是无聊。他们的一推一挽距离很小，仿佛全然不用力气，两只眼睛茫然望着岸边，这样地过了不知多少年月，把踏脚的板都踏出脚印来了，可是他们似乎没有什么无聊，每天还是走那老路，连一棵草一块石头都熟识了的路。两相比较，坐一趟船慢一点闷一点又算得什么。坐航船要快，只有巴望顺风。篷杆竖在头舱跟中舱的中间，一根又粗又长的木头。风篷极大，直拉到杆顶，有许多细竹头横张着，吃了风，巍然地推进，很有点气派。风最大的日子，苏州到甪直，三点半钟就吹到了。但是旅客到底是"反正总是一个到"主义者，虽然嘴里嚷着"今天难得"，另一方面却似乎嫌风太大船太快了，跨上岸去，脸上不免带一点怅然的神色。遇到顶头逆风航船就停班，不像"当当船"那样无论如何总得用力去拼。客人走到码头上，看见孤零零的一条船停在那里，半个人影也没有，知道是停班，就若无其事地回转身来。风总有停的日子，那就航船总有开的日子。忙于寄信的我可不能这样安静，每逢校工把发出的信退回来，说今天航船不开，就得担受整天的不舒服。

读书

听说读书，便引起反感。何以至此，却也有故。文人学士之流，心营他务，日不暇给，偏要搭起架子，感喟地说："忙乱到这个样子，连读书的工夫都没有了。"或者要恬退一点，表示最低限度的愿望说："别的都不想，只巴望能得安安逸逸读一点书。"这显见得他是天生的读书种子，做一点其实不相干的事便似乎冤了他，若说利用厚生的笨重工作，那是在娘胎里就没有梦见过，这般荒唐的骄傲意态，只有回答他一个不睬了事。衣锦的人必须昼行，为的是有人艳羡，有人称赞，衬托出他衣锦的了不得。现在回答他一个不睬，无非让他衣锦夜行的意思。有朝一日，他真个有了读书的工夫了，能得安安逸逸读一点书了，或者像陶渊明那样"不求甚解"，或者把一句古书疏解了三四万言，那也只是他个人的事，与别人毫不相干。

还有政客学者教育家等的"读书救国"之说。有的说得很巧妙，用"不忘""即是"等字眼的绳子，把"读书"和"救国"穿起来，使它颠来倒去，都成一句话，若问读什么书，他们却从来不曾开过书目。因此，人家也无从知道到底是半部《论语》，还是一卷《太公兵法》，还是最新的航空术。虽然这么说，他们欲开而未开的书目也容易猜。他们要的是干练的帮手，自然会开足以养成这等帮手的书；他们要的是驯良的顺民，自然会开足以训练这等顺民的书。至于救国，他们虽毫不愧怍地说"已有整个计划""不乏具体方案"，实际却最是荒疏。救国这一目标也许真个能从读书的道路达到，世间也许真个有着足以救国的书，然而他们未必能，能也未必肯举出那些书名来。于是，不预备做帮手和顺民的人听了照例的"读书救国"之说，安得不"只当秋风过耳边"？

还有小孩子进学校普通都称为读书。父母说："你今年六岁了，送你到学校里去读书吧。"教师说："你们到学校里来。须要好好儿读书"。嘴里说着读书，实际做的也只是读书。国语科本来还有训练思想、语言的目标，但究竟是记号科目，现在单只捧着一本书来读，姑且不必说它。而自然科、社会科的功课也只是捧着一本书来读，这算什么呢？一头猫一个苍蝇，一处古迹，一所公安局，都是实际的事物，可以直接接触的。为什么不让小孩子直接接触，却把那些东西写在书上，使他们只接触一些文字呢？这样地利用文字，文字便成为闭塞智慧的阻障。然而颇有一些教师在那里说："如果不用书，这些科目怎么能教呢？"而切望子女的父母也说："在学校里只读得这几本书！"他们完全忘记了文字只是一种工具，竟承认读书是最后的目的了。真欲喊"救救孩子！"

　　读书当然是甚胜的事，但须得把上面说起的那几种读书除外。

养蜂

近年来我国有一种新事业——养蜂。蜂种从意大利买来。据说我国的蜂不曾经过遗传上的选择，不适宜用新法养的。

养蜂可以增益国产，养蜂可以沾光厚利，养蜂的人这么说。这不是群己两利吗？这不是理想事业吗？于是养蜂的人多起来了。

养蜂原来有两个目标，采蜜和分房。养蜂的人能够用不同的管理法操纵那班飞行的工人；要他们酿蜜就酿蜜，要他们繁殖就繁殖。而一般的目标大都在后者，就是要他们做传种的工人。

理由是很明白的。意大利种，增益国产，沾光厚利，谁听了不动心？谁不想分几房来试试？所以蜂种卖得起钱。卖蜂种还可以营副业。人家买了蜂种，就得使用养蜂的一切家伙；制造了蜂房、巢础、隔王板、卷蜜机等等卖给他们，也可以沾不少的光。

"人同此心"，买蜂种的人的打算和卖蜂种的人的一样，他的事业也是卖蜂种，卖养蜂应用的家伙。大家把采蜜的事情看得无关紧要；也可以说，差不多把蜂能酿蜜这一项常识忘记了。

然而采蜜究竟是一个不该放弃的目标。惟其采蜜，分房才有意义；蜂的数量愈多，蜜的产量也愈多。现在不然；前一回的分房只是后一回的预备，后一回又是更后一回的预备，而并不希望采什么蜜。这样，养蜂就成一种空虚的事业——原说增益国产，实际上却没有"产"，岂非空虚？

可是市场上并不缺少蜜。新式的养蜂家也有长瓶矮瓶盛着蜜陈列在玻璃橱里作幌子。据说这些都是不曾经过遗传上的选择的"国"蜂的成绩。"国"蜂虽然蹩脚，却供给了真实的蜜。

这情形恰同我们的教育事业相像。

前几年有人提出"循环教育"这个名词，讥议教育事业的空虚：大意好像说人所以要受教育，原在受一点训练，学一点技能，预备给社会做一点真实的事；但是教育事业的实况并不然，先前受训练学技能的学生后来成为先生，去教诲后一辈，后一辈后来也成为先生，又去教诲更后一辈，结果一辈辈都不曾动手，丝毫真实的事也没有做。这些受教育的无异新式养蜂家所养的蜂，他们是不酿蜜的。

在鼓吹教育价值的言论里，增进生产呀，发扬文化呀，提高生活水准呀，总之，天花乱坠。而实际只成了"循环教育"，一条周而复始的空虚的链子。这无异养蜂家标榜着，"增益国产，沾光厚利"，而实际只做了卖蜂种的营业。

被剥削被压迫的工人农人好比"国"蜂。他们被摈在教育的新式蜂房以外，但是他们供给真实的蜜。无论谁，吃一点蜜，总是他们的。

薪工

我记得第一次收受薪水时的心情。

校长先生把解开的纸包授给我，说："这里是先生的薪水，二十块，请点一点。"

我接在手里，重重的。白亮的银片连成的一段体积似乎很长，仿佛一时间难以数清片数的样子。这该是我收受的吗？我收受这许多不太僭越吗？这样的疑问并不清楚地意识着，只是一种模糊的感觉通过我的全身使我无所措地瞪视手里的银元，又抬起眼来瞪视校长先生的毫无感情的瘦脸。

收受薪水就等于收受与此相当的享受。在以前，我的享受全是父亲给的；但是从这一刻起我自己取得若干的享受了。这是生活上的一个转变。我又仿佛不能自信；以偶然的机缘，便遇到这个转变，不要是梦幻吧？

此后我幸未失业，每月收受薪水；只因习以为常，所以若无其事，拿到手就放进袋里。衣食住行一切都靠此享受到了，当然不复疑心是梦幻。可是，在头脑空闲一点的时候，如果想到这方面去，仍不免有僭越之感。一切的享受都货真价实，是大众给我的，而我给大众的也能货真价实，不同于肥皂泡儿吗？这是很难断言的。

阅世渐深，我知道薪工阶级的被剥削确是实情，只要具有明澈的眼睛的人就看得透，这并不是什么深奥的学理。薪工阶级为自己的权利而抗争，也是理所当然。但是，如果用怠工等撒烂污的办法作为抗争的工具，我以为便是薪工阶级的缺德。一个人工作着工作着，广义地说起来，便是把自己的一份心力贡献给大众。你可以主张自己的权利，你可以反抗不当的剥削，可是你不应该吝惜你自己的一份心力，让大众间接受到不利的影响。

在收受薪水的时候，固不妨考量是不是收受得太少；而在从事工作的时候，却应该自问是不是贡献得欠多。我想，这可以作为薪工阶级的座右铭。我这么说，并不是替不劳而获的那些人保障利益。从薪工阶级的立场说起来，不劳而获的那些人是该彻底的被消灭的。他们消灭之后，大家还是薪工阶级，而贡献心力也还是务期尽量的。

文明利器

以前，商店逢到"特别大减价""多少周纪念"的时候，就雇几名军乐队（乐字通常念作快乐的乐）吹吹打打，借此吸引过路人的注意。现在，这办法似乎淘汰了。只在偏僻的小马路上，还偶尔有几家背时的小商店送出喇叭和竖笛的合奏，调子是"毛毛雨"或者"妹妹，我爱你"。过路人知道是怎么一回事，头也不回地走过了。这寂寞的音乐只有屋檐下的布市招寂寞地听着。

现在，上海的商店有了另外的引人注意的办法。即使并非"特别大减价""多少周纪念"，他们也要装一具收音机在当门的檐下。好在播音台是那么多，从清早到深夜可以不间断地收音，他们就一直把机关开着。于是，电车汽车声闹成一片的空间，又掺入了三弦叮咚的"弹词"，癞皮声音的"哭妙根笃爷"，老枪喉咙的"毛毛雨"和"妹妹，我爱你"，诸如此类。

但是，这办法也未必真能够引人注

意。只在刚流行的一些时，装有收音机的商店前站着几个抬头
呆望的过路人。到后来就同雇几名军乐队吹吹打打的一样，你
尽管"弹词"……"妹妹我爱你"，过路人还是走他的路。看
看店里的伙计，似乎也没有一个在那里听这些"每天的老调"。
那么，收音机收了音究竟给谁听呢？这大概只有市招知道了。
然而新装收音机的还陆续有得增加，好像没有收音机就失了大
商店的体统了。

我家左邻有一具收音机，发音清楚而洪亮，品质大概是不
坏的。可是他们对付这家伙的办法太妙了。他们时时在那里旋
转那刻度器，老生唱了半句，就来了女声的小调，小调没有完
一曲，又来了高亢的西洋喉咙……他们到底想听什么，三四个
月来我还不曾考察明白。也许，他们的趣味就在旋转那刻度器
吧。否则就在"有"一具收音机！收音机是时髦，人家都"有"，
他们就非"有"不可。

又听说上海有好多吸鸦片的人懒得出门，就利用收音机来
互通声气。有几个自设播音台，在夜间一两点钟的时候，从鸦
片榻上播音道："张老三，吃过夜饭吗？李老四明天晚上的麻
将局有你，不要起得太迟了。"啊，现代文明的生活！

说"收音机救国"（前天的报纸上登载着吴稚晖君"马达
救国"的谈话，我这语式是有来历的），固然近乎荒诞不经。
然而收音机这家伙如果能好好利用它，譬如说，用来团结大众

的意志，传授真实的知识，报告确切的消息……那么，从社会的观点说：他的价值的确是了不得的。反过来，如果它仅成为"街头军乐队"的代替品，仅成为商店与人家的点缀品，仅成为吸鸦片的人的通信机，所传送的又仅是"哭谁的爸""哭谁的娘"之类，试问，社会上又何贵有这等"奇技淫巧"的玩意儿？

一切所谓"文明利器"，其价值都不存在于本身，而存在于对于社会的影响。这可以从两方面看：一，它被操持在谁的手里；二，它被怎样地利用着。就讲马达。像美国，然而都会的大道上有大队的饥民奏着饥饿进行曲。这就因为所有的马达操持在资本主义的手里的缘故。假如那些马达也有饥民的份，饥民就不复是饥民了。那时候，马达的价值岂止可以"救国"而已？又如飞机。苏联近年利用它来散播种子，扑灭害虫。这就扩大了人类战胜天然的能力，飞机的价值何等高贵。但是，它被利用作轰炸机侦察机的时候，除了在军缩会议中斤斤计较的野心家以外，谁还承认它的价值呢？

「怎么能……」

"这样的东西，怎么能吃的！"

"这样的材料，这样的裁剪，这样的料理，怎么能穿的！"

"这样的地方，既……又……怎么住得来！"

听这类话，立刻会想起这人是懂得卫生的法子的，非惟懂得，而且能够"躬行"。卫生当然是好事，谁都该表示赞同。何况他不满意的只是东西，材料，裁剪，料理，地方等等，并没有牵动谁的一根毫毛，似乎人总不应对他起反感。

反省是一面莹澈的镜子，它可以照见心情上的玷污，即使这玷污只有苍蝇脚那么细。说这类话的人且莫问别人会不会起反感，先自反省一下吧。

当这类话脱口而出的时候，未必怀着平和的心情吧。心情不平和，可以想见发出的是怎么一种声调。而且，目光，口腔，鼻子，从鼻孔画到口角的条纹，也必改了平时的模样。这心情，这声调，这模样，便配合成十足傲慢的气概。

　　傲慢必有所对。这难道对于东西等等而傲慢吗？如果是的，东西等等原无所知，倒也没有什么，虽然傲慢总教人不大愉快。

　　但是，这实在不是对东西等等而傲慢。所谓"怎么能……"者，不是不论什么人"怎么能……"，乃是"我怎么能……"也。须要注意，这里省略了一个"我"字。"我怎么能……"的反面，不用说了，自然是"他们能……他们配……他们活该……"那么，到底是对谁？不是对"我"以外的人而傲慢吗？

　　对人傲慢的看自己必特别贵重。就是这极短的几句话里，已经表现出说话的是个丝毫不肯迁就的古怪的宝贝。他不想他所说"怎么能……"的，别人正在那里吃，正在那里穿，正在那里住。人总是个人，为什么人家能而他偏"怎么能……"？难道就因为他已经懂得卫生的法子吗？他更不想他所说"怎么能……"的，还有人求之而不得，正在想"怎么能得到这个"呢。

　　对人傲慢的又一定遗弃别人。别人怎样他都不在意，但他自己非满足意欲不可的。"自私"为什么算是不好，要彻底讲，恐怕很难。姑且马虎一点说，那么人间是人的集合，"自私"会把这集合分散，所以在人情上觉得它不好。不幸得很，不顾别人而自己非满足意欲不可的就是极端的自私者。

　　这样一想，这里头罅漏实在不少，虽然说话时并不预备有这些罅漏。可是，懂得卫生法子这一点总是好的，因为知道了生活的方法如何是更好。

　　不过生活是普遍于人间的。知道了生活方法如何是更好，在不很带自私气味的人就会想"得把这更好的普遍于人间才是"。于是来了种种的谋划、种种的努力。至于他自己，更不用担以外的心。更好的果真普遍了，会单把他一个除外吗?

　　所以，知道更好的生活方法，吐出"怎么能……"一类的恶劣语，表示意欲非满足不可，满足了便沾沾自喜，露出暴发户似的亮光光的脸，这样的人虽然生活得很好，决不是可以感服的。在满面菜色的群众里吃养料充富的食品，在衣衫褴褛的群众里穿适合身体的衣服，羞耻也就属于这个人了；群众是泰然毫无愧怍的，虽然他们不免贫穷或愚蠢。

　　人间如真有所谓英雄，真有所谓伟大的人物，那必定是随时考查人间的生活，随时坚强地喊"人间怎么能……"而且随时在谋划在努力的。

一九二六年九月一日作

「双双的脚步」

小孩子看见好玩的东西总是要；他不懂得成人的"欲不可纵"那些条例，"见可欲"就老实不客气要拿到手，否则就得哭，就得闹。父母们为爱惜几个铜子几毛钱起见，常常有一手牵着孩子，只作没看见地走过玩具铺子的事情；在意思里还盼望有一位魔法师暗地里张起一把无形的伞，把孩子的眼光挡住了。魔法师既没有，无形的伞尤其渺茫，于是泥马纸虎以及小喇叭小桌椅等等终于到了孩子的手里。

论理，到了手里的后文总该是畅畅快快地玩一下子了；玩得把爸爸妈妈都忘了，玩得连自己是什么，自己在什么地方都忘了，这是可以料想而知的。但是事实上殊不尽然。父母说，"你当心着，你不要把这些好玩的东西一下子就毁了。最乖的孩子总把他的玩意儿珍重地藏起来。现在给你指定一个抽屉，你玩了一歇也够了，赶紧收藏起来吧"。祖母说得更其郑重了，"快点藏了起来吧，藏了起来日后再好玩。只顾一刻工夫的快乐，忘了日后的，这是最没出息的孩子。我小时候，就把小木碗郑重地收藏起来的，直到生了你的爸爸，还取出来给他玩。你不要只顾玩了，也得想想留给你将来的孩子。"这样的在旁边一阵一阵地促迫着，孩子的全心倾注如入化境的玩戏美梦是做不成了。他一方面有点儿生气，一方面又不免有点怕父母祖母们的威严，于是颓然地与玩具分了手。这当儿比没有买到手还要难过；明明是得到的了，却要搁在一旁如同没有得到一样，这只有省克工夫有名的大人们才做得来，在孩子确是担当不住的。

隔天，泥马纸虎等等又被请出来了，父母祖母们还是那一套，轻易地把孩子的美梦打破了。这样，孩子买了一份玩具，倒仿佛买了一个缺陷。

这似乎是无关重要的事情，孩子依然会长大起来，依然会担负人间的业务，撑住这个社会。但当他回忆起幼年的情况，觉得生活不很充实，如同泄了气的气球，而这又几乎是没法填补的（哪有一个成年人擎起一个纸老虎而玩得一切都忘了的呢？我们读过梭罗古勃那篇小说"铁圈"，讲起一个老苦的工人独个在林中玩一个拾来的铁圈，他觉得回转到童年了，满心的快乐，一切都很幸福，这也不过是耽于空想的小说家的小说罢了），这时候憾惜就网络住他的心了。

世间的事情类乎孩子这样的遭遇的很多，而且往往自己就是父母祖母。譬如储蓄钱财，理由是备不时之需。但当用钱财的时候到了，考虑一下之后，却说"这还不是当用的时候，且待日后别的需要再用吧"。屡屡地如是想，储蓄的理由其实已改变了，变而为增加储蓄簿上的数目。在这位富翁的生活里，何尝称心恰当地用过一回钱呢？

学生在学校里念书做功课，理由是预备将来做人，将来做事，这是成千成万的先生父母们如是想的，也是成千成万的学生们信守着的。换一句说，学生过的并不是生活，只是预备生活。所以一切行为，一切思虑，都遥遥地望着前面的将来，却抹杀了当前的现在。因此，自初级小学校以至高等大学校里的这么一个个的生物只能算"学生"而不能算"人"，他们只学了些"科目"而没有做"事"。

念书念得通透了，走去教学生。学生照样地念着，念得与先生一样地通透了，便也走去教学生。顺次教下去，可以至无穷。试问，"你们自己的发现呢？""没有。""你们自己享用到多少呢？""不曾想到。"这就是一部教育史了。聪明的大学生发现这种情形，作了一篇叫做"循环教育"的文字，若在欢喜谈谈文学的人说起来，这简直是写实派。然而大学教授们看得不舒服了，一定要把作者查出来严办，于是闹成大大的风潮，让各种报纸的教育新闻栏有机会夸示材料的丰富。大学教授们大概作如是想："循环难道不好吗？"

上对于父母，我得做孝子。自身体发肤以至立功扬名，无非为的孝亲。下对于儿女，我得做慈父。自喂粥灌汤以至做牛做马，无非为的赡后，这的确是人情，即使不搲出"东方文化""先哲之教"等金字招牌，也不会有谁走来加以否认，一定要说对父母不当孝，对子女不当慈的。可是，对自己呢？没有，什么也没有。祖宗是这样，子孙是照印老版子。一串的人们个个成为抛荒了自己的，我想，由他们打成的历史的基础总不见得结实吧。

将来的固然重要，因为有跨到那里的一天；但现在的至少与将来的一样地重要，因为已经踏在脚底下了。本与末固然重要，因为它们同正干是分不开的，但正干至少与本末一样地重要，没有正干，本末又有什么意义呢？不懂得前一义的人无异教徒之流，以现世为不足道，乃心天堂佛土；其实只是一种极贫俭极枯燥的生活而已。不懂得后义的人，犹如吃甘蔗的只取本根与末梢，却把中段丢在垃圾桶里；这岂不是无比的傻子？

过日子要当心现在，吃甘蔗不要丢了中段，这固然并非胜义，但至少是正当而合理的生活法。

朱佩弦的诗道：

"从此我不再仰眼看青天，

不再低头看白水，

只谨慎着我双双的脚步；

我要一步步踏在泥土上，

打上深深的脚印。"

一九二五年三月十九日作

假如我有一个弟弟

假如我有一个弟弟，他在中学校毕业了，我想对他说以下这些话。因为客观地立论的习惯还不曾养成，所说的当然只是些简单的直觉。

中学生是中国社会中间少数的选手。不去查统计，自然不能说出确切的总数；但只要想到数十年来唱惯了的"四万万同胞"，同时把中学生的数量来相比并，恐怕有"沧海一粟"之感了。

这些选手的被选条件是付得出一切费用，暂时还不需或者永远都不需靠自己的劳力生活。

他们为着什么目的而被选呢？普通的名目是"受教育""求学问"。骨子里是要向生活的高塔的上层爬；知识学问是生活的高塔，地位报酬也是生活的高塔，我说向上层爬并不含有讽刺的意思。

爬到某一层（这是说中学毕业了，）停了脚步想一想，还是再爬上去呢还是不？再爬怎样爬？不爬又怎样？这就来了许多踌躇。

从"沧海"方面说，"一粟"是被包在内的，便有问题也只是"沧海"的问题的一个子目。但是从"一粟"本身说，却自有种种的问题可以商论。

所谓再爬不爬等等问题，总括地说就是出路的问题；有人说，说"进路"比较健全；再换一句，就是"往哪里走"。

往哪里走呢？

升学是一条路。任事是一条路。无力升学又没法任事也是一条无路之路。各人的凭借不同，所趋的路自然分歧了。

弟弟，如果你的凭借好，我赞成你升学。你爱好学问，你希望深造，你不仅为学问而学问，更想在人类的生活和文化上涂上这么几笔，把他们修润得更充实更完美；我哪有不赞成之理？

如果你不为着这些，却要升学，我可不赞成。你想给自己镀上一层金吗？这是一种欺诳的心理。心存欺诳，做出事来必然损害他人；这怎么行！

我曾走进大学，看见选手们颇有在那里给自己镀金的；亲爱的弟弟，我不愿你这样。

你若真个爱好学问，有一层又须知道，就是现在的社会并不适宜于做学问。这意思讲起的人很多，着眼之点不一，总之都能抓住真相的一角。

我要你知道这一层，不是叫你就此灰心，袖起手来叹"今非其时也！"或者"社会负我！"

我希望你从爱好学问的热诚里发生一股力量，把社会弄得适宜于你一点。这当然不是一个人的事；不过你尽了你的一份力量时，比较更有把握。

凡具有爱好某一事项的热诚的人都应该这样，方不至徒存虚愿。否则，志在兼利天下的发明家发明了事物，结果只供少数人去享用；两心相印的恋爱者不顾一切誓欲合并，终于给排斥纯爱的世网绊住了。

你如其想走任事的一条路，我也赞成。成语说"不得已而思其次"；任事并非升学的"其次"，你不必想起那成语。任事也就是做学问；做学问的目的无非要成就些事物。

任哪种事呢？列举很难，还是概括说。

譬如讲授死书的教师，我不赞成你去当。一代一代的教师讲授下来轮到你，你又传下去，一代一代，以至无穷；一串的人就只保守了几本书，自身并没有成就些什么，生产些什么；你若反省时，一定会感觉无谓的。——这是一例，他可类推。

譬如电报局邮政局职员之类，都是社会这大机械的齿轮，你若愿意当，不感什么不满，我也赞成你去当。——这又是一例，他可类推。

我想劝你去干的，是成就些什么生产些什么的事情，尤其是劳力的事情。

无论如何天花乱坠的文明文化，维持生活的基本要件总是劳力的结果。大家需要享用，大家就该劳力；这是简单不过可是颠扑不破的道理。

"我们研究学问，我们担任要务，劳了心了；劳力的事情你们去干吧"。这种分工说是狡狯自私的治者的欺人话。在各种劳力的事情中间，那当然要分工。

论理，研究天文学的也该织一匹布，担任什么委员也该种一块田。因为他们维持生活的基本要件同一般人一样。何况不研究天文学担任什么委员的你，要想任事，自应拣那些能够成就些什么生产些什么的了。

即就织布种田而论：手工业的织布在现代文明中将被淘汰净尽了，要织布就得进工厂去当织工，而织工是困苦的；种田的事情也很困苦，形容地说便是"无异牛马"。这些我都知道。

然而这些事情总须由人去做。你若说，似乎犯不着吧，这句话我不爱听；因为你只是一个不比所有的人卑微也不比所有的人高贵的人。

那么关于困苦的一层呢？你一定要问了。亲爱的弟弟，我决不至这样糊涂，竟会教你低首下心忍受一辈子，像那驮着石碑的赑屃一般。而且你身历其境之后，自然会不耐忍受一辈子；你那时必将有所见，根据这所见来改革变更，是你的权利。

改革变更一件事情的权利最正当是归到担任这件事情的人的手里。

末了，如果你无可奈何只好走上"无路之路"，我当然无所用其不赞成，因为你所碰着的是事实的壁。

那时你一定要愤愤。愤愤是应该的；否则真成弱虫了。

但是你为什么愤愤，却须问个明白。

如其说，你有中学毕业的资格而竟无路可走，所以愤愤；这未免不很妥当。中学毕业岂是你特别优异于人的地方；你只因有所凭借罢了。你的口气却似乎说别人不妨无路可走，唯有你不该无路可走。为什么唯有你不该无路可走呢？——具有商业经验的父兄送子弟入学校，本来就看做一宗买卖；花了本，非但得不到利，结果连本都蚀掉，于是愤愤，自属常情。但是我不希望你运用这种商业经验。

如其说，你是一个要任事能任事的人，而竟无路可走，所以愤愤；这就比较妥当。你这样想，就会和入那无路可走的大群里去不复自觉有什么特别优异于人的地方，而且你的问题也就是大群的一般问题了。

这个问题于你是很好的功课。你若能精细地剖析，扼要地解释，社会病态的诊断便将了然于你的胸中；同时你必能给它开个对症的药方，为大群也为你自己。

亲爱的弟弟，我的话很幼稚，又很不具体，我自己都知道。

我的实力只有这一点点，我不能说出超乎实力的话。如果这些话于你有一毫用处，自是我的欢喜。

一九三〇年六月作

《中学生杂志》以《中学生的出路》一题征文，因作此篇。

一九三一年六月十七日记

做了父亲

假若至今还没儿女，是不是要同有些人一样，感着人生的缺憾，心头总是有这么一桩失望牵萦着的?

我与妻都说不至于吧；一些人没儿女感着缺憾，因为他们认儿女是他们分所应得，应得而不得，失望是当然；也许有人说没儿女便是没有给社会尽力，对于种族的绵延不曾负责任，那是颇堂皇冠冕的话，是随后找来给自己解释的理由，查问到根柢，还是个不得所应得的不满足之感而已；我们以为人生的权利固有多端，而儿女似乎不在多端之内，所以说不至于。

但是儿女早已出生了，这个设想无从证实。在有了儿女的今日，设想没有儿女，自觉可以不感缺憾；倘今日真个还没儿女，也许会感到非常的寂寞，非常的惆怅吧，这是说不定的。

* * *

教育是专家的事业，这句话近来几成口号，但这意义仿佛向来被承认的。

然而一为父母就得兼充专家也是事实。非专家的专家担起教育的责任来，大概走两条路：一是尽许多不需要的心，结果是"非徒无益，而又害之"；一是给与一个"无所有"，本应在儿女的生活中充实些什么的，却并没有把该充实的充实进去。

自家反省，非意识地走着的是后面的一条。虽然也像一般父亲一样，被一家人用作镇压孩子的偶像，于没法对付时，便"爹爹，你看某某！"这样喊出来；有时被引动了感情，骂一顿甚至打一顿的事情也有；但收场往往像两个孩子争闹似的，说着"你不那样，我也不这样了"的话，其意若曰彼此再别说这些，重复和好了吧。这中间积极的教训之类是没有的。

不自命为"名父"的，大多走与我同样的路。

自家就没有什么把握；一切都在学习试练之中，怎么能给后一代人预先把立身处世的道理规定好了教他们呢？

* * *

学校，我想也不是与儿女有什么了不起的关系的。学一些符号，懂一些常识，交几多朋友，度几多岁月，如是而已。

以前曾经担过忧虑，因为自家是小学教员出身，知道小学的情形比较清楚，以为像模像样的小学太少了，儿女达到入学年龄时将无处可送。现在儿女三个都进了学校，学校也不见特别好，但我毫不存勉强迁就的意思。

一定要有理想的小学才把儿女送去，这无异看儿女做特别珍贵特别柔弱的花草，所以须保藏在装着热气管的玻璃花房里。特别珍贵嘛，除了有些国家的贵胄华族以外，谁也不肯给儿女作这样的夸大口吻。特别柔弱嘛，那又是心所不甘的，要抵挡得风雨，经历得霜雪，这才欢喜。——我现在作这样想，自笑以前的忧虑殊无谓。

何况世间为生活所限制，连小学都不得进的也很多，他们一样要挺直身躯立定脚跟做人；学校好坏于人究竟有何等程度的关系呢？——这样想时，以前的忧虑尤见得我的浅陋了。

* * *

我这方面既给与一个"无所有"，学校方面又没什么了不起的关系，这就搁到了角落里，儿女的生长只有在环境的限制之内，用他们自己的心思能力去应付一切。这里所谓环境，包括他们所有遭值的事故人物，一饮一啄，一猫一狗，父母教师，街市田野，都在里头。

父亲真欲帮助儿女，仅有一途，就是诱导他们，让他们锻炼这种心思能力。若去请教专家的教育者，当然，他将说出许多微妙的理论，但要义恐也不外乎此。

可是，怎样诱导呢？我就茫然了。虽然知道应该往哪一方向走，但没有走去的实力，只得站住在这里，搓着空空的一双手，与不曾知道方向的并没有两样。我很明白，对儿女最抱歉的就在这一点。将来送不送他们进大学倒没有关系，因为适宜的诱导是在他们生命的机械里加燃料，而送进大学仅是给他们文凭、地位，以便剥削别人而已（有人说振兴大学教育可以救国，不知如何，我总不甚相信，却往往想到这样不体面的结论上去。）

他们应付环境不得其当甚至应付不了时，定将怅然自失，心里想，如果父亲早给与点帮助，或者不至于这样无所措吧；这种归咎，我不想躲避，也是不能躲避的。

* * *

对于儿女也有我的希望。

一语而已，希望他们胜似我。

所谓人间所谓社会虽然很广漠，总直觉地希望它有进步。而人是构成人间社会的。如果后代无异前代，那就是站住在老地方没有前进，徒然送去了一代的时光，已属不妙。或者更甚一点，竟然"一代不如一代"，试问人间社会经得起几回这样的七折八扣呢！凭这么想，我希望儿女必须胜似我。

爬上西湖葛岭那样的山便会气喘，提十斤左右重的东西行一二里路便会臂酸好几天，我这种身体完全不行的。我希望他们有强壮的身体。

人家问一句话一时会答不出来，事故当前会十分茫然，不知怎样处置或判断，我这种心灵完全不行的。我希望他们有明澈的心灵。

讲到职业，现在做的是笔墨的事情，要说那干系之大，自然可以戴上文化或教育的高帽子，于是仿佛觉得并非无聊。但是能够像工人农人一样，拿出一件供人家切实应用的东西来吗？没有！自家却使用了人家所生产的切实应用的东西，岂不也成了可羞的剥削阶级？文化或教育的高帽子只供掩饰丑脸，聊自解嘲而已，别无意义。这样想时，更菲薄自己，达于极点。我希望他们不同我一样：至少要能够站在人前宣告道，"用了我们的劳力，产生了切实应用的东西，这里就是"！其时手里拿的布匹米麦之类；即使他们中间有一个成为玄学家，也希望他同时铸成一些齿轮或螺丝钉。

一九三〇年十一月作

中年人

接到才见了一面的一个青年的信，中间有"这回认识了你这个中年人"的话。原来是中年人了，至少在写信给我的青年眼光中已经是了。

平时偶然遇见旧友，不免说一些根据直觉的话：从前在学校里年龄最小，体操时候专作"排尾"，现在在常相过从的朋辈中间，以年龄论虽不至作"排头"，然而前十名是居之不疑的了。或者说：同辈的喜酒仿佛早已吃完了，除了那好像缺少了什么的"续弦"的筵席。及至被问到儿女几个，他们多大了，自不得不据实报告：大的在中学校，身体比我高出半个头，小的几岁了，也已进了小学。

听了这些话，对方照例说："时光真快呀。才一眨眼，便有如许不同。我们哪得不老呢！"这是不知多少世代说熟了的滥调。犹如春游的人一开口便是"桃红柳绿，水秀山明"一般，在谈到年龄呀儿女呀的场合里，这滥调自然脱口而出，同时浮起一种淡淡的伤感的心情，自己就玩味这种伤感的心情，取得片刻的满足。我觉得这是中年人的乏味处。听这么说，我只好默然不语或者另外引起一个端绪，以便谈说下去。

中年的文人往往会"悔其少作"。仿佛觉得目前这一点功力才到了家，够了格；以今视昔，不知当时的头脑何以这般荒唐，当时的手腕何以这般粗野。于是对着"少作"颜面就红起来，一直蔓延到颈根。非文人的中年人也一样。人家偶尔提起他的少年情事，如抱不平一拳把人打倒，和某女郎热恋至于相约同逃之类，他就现出一副尴尬的神态说："不用提了，那个时候真是胡闹！"你若再不知趣，他就要怨你有意与他为难了。

大概人到中年便意识地或非意识地抱着"言为士则，行为世范"的大志。发点议论，写点文字总得含有教训意味。人家受不受教训当然是另一问题；可是不教训似乎不过瘾，那就只有搭起架子来说话，作文。便是寻常的一举一动，在举动之先反省道："这是不是可以对后辈示范的？"于是步履从容安详了，态度中正和平了，喜怒哀乐发而皆中节，差不多可以入圣庙的样子。但是，一个堪为"士则""世范"的中年人的完成，便是一个天真活泼爽直矫健的青年人的毁灭。一般中年人"悔其少作"，说"那个时候真是胡闹"，仿佛当初曾经做过青年人是他们的绝大不幸；其实，所有的中年人如果都这样悔恨起来，那才是人间的绝大不幸呢。

在电影院里，可以看到中年人的另一方面。臂弯里抱着孩子，后面跟着女人，或者加上一两个大一点的孩子。昂起了头寻座位。牵住了人家的衣襟，踏着了人家的鞋头，都不管，都像没有这回事。寻到坐了，满足地坐下来，犹如占领了一个王国。明明是在稠人广座中间，而那王国的无形墙壁障蔽得十分周密，使他如入无人之境。所有视听的娱乐仿佛完全属于那王国的；几乎忘了同时还有别人存在。这情形与青年情侣所表现的不同。青年情侣在唧唧哝哝之外，还要看看四围，显示他们在广众中享受这乐趣的欢喜和骄傲。中年人却同作茧而自居其中的蚕蛹一样，不论什么时候单只看见他自己的茧子。

已经是中年人了，只希望不要走上那些中年人的路。

儿子的订婚

十六岁的儿子将要和一个十五岁的少女订婚了。是同住了一年光景的邻居，彼此都还不脱孩子气，谈笑嬉游，似乎不很意识到男女的界限。但是，看两个孩子无邪地站在一块，又见到他们两个的天真和忠厚正复半斤八两，旁人便会想道，"如果结为配偶倒是相当的呢。"一天，S夫人忽然向邻居夫人和我妻提议道，"我替你们的女儿、儿子做媒吧。"两个母亲几乎同时说"好的"，笑容浮现到脸上，表示这个提议正中下怀。几天之后，两个父亲对面谈起这事来了，一个说"好的呀，"一个用他的苏州土白说"呒啥"，足见彼此都合了意。可是，两个孩子的意见如何是顶要紧的，便分头征询。征询的结果是这个也不开口，那个也不回答。少年对于这个问题的羞惭心理，我们很能够了解，要他们像父母一般，若无其事地说一声"好的"或者"呒啥"，那是万万不肯的。我们只须看他们的脸色，那种似乎不爱听而实际很关心的神气，那种故意抑制喜悦而把眼光低垂下来的姿态，便是无声的"好的"或者"呒啥"呀。于是事情决定，只待商定一个日期，交换一份帖子，请亲友们喝一杯酒，两个孩子便订婚了。

有"媒妁之言"，而媒妁只不过揭开了各人含意未伸的意想。也可以说是"父母之命"，而实际上父母并没有强制他们什么。照现在两个孩子共同做一件琐事以及彼此关顾的情形看来，只要长此不变，他们便将是美满的一对。

这样的婚姻当然很寻常，并不足以做人家的模范。然而比较有一些方式却自然得多了。近来大家知道让绝不相识的一男一女骤然在一起生活不很妥当，于是发明了先结识后结婚的方式。介绍人把一男一女牵到一处地方，或者是公园，或者是菜馆的雅座，"这位是某君，这位是某女士"，一副尴尬的面孔，这样替他们"接线"。而某君、某女士各自胸中雪亮，所为何事而来，还不是和"送入洞房"殊途同归？觌面的羞惭渐渐消散了，于是想出话来对谈，寻出题目来约定往后的会晤，这无非为着对象既被指定，不得不用人工把交情制造起来。两个男女结婚以后如何且不必说，单说这制造交情的一步功夫，多么牵强、不自然啊！

又有一种方式是由交际而恋爱，由恋爱而结婚。交际是广交甲、乙、丙、丁乃至庚、辛、壬、癸，这不过朋友的相与。

恋爱是一支内发的箭，什么时候射出去是不自知的。一朝射出去而对方接受了，方才谈得到结婚。这种说法颇为一部分青年男女所喜爱。但是我国知识男女共同做一种事业的很少，所谓交际，差不多只限于饮食游戏那些事情上。若不是有闲阶级，试问哪里有专门去干饮食游戏那些事情的份儿？并且，因为交际只限于饮食游戏那些事情上，所以谨愿的人往往向隅，而浮滑的人方才是交际场中的骄子。我们曾经看见许多的青年男女瞩望着交际场，苦于无由投身进去，而青春已渐渐地离开了他们，他们于是忧伤，颓丧，歇斯底里。这是很痛苦的。再说一部分青年心目中的恋爱境界，差不多是一幅美丽而朦胧的图画。那是诗、词和小说教给他们的，此外电影也是有力的启示。这美丽而朦胧的图画。实在只是瞬间的感觉，如果憧憬这个，认为终极的目的，那么，恋爱成功以后，一转眼便将惊诧于完全不是这么一回事。这时候是很无聊的。

伴侣婚姻是美国的出品，而且在美国也未见怎样通行。我国如果仿行起来，将会感到"此路不通"吧。

青年男女能从恋爱呀结婚呀这些问题上节省许多精神和时间，移用到别的事情上去，他们是幸福的。若把这些问题看做整个的人生，或者认作先于一切的大前提，那么苦恼便将伺候在他们的背后了。

过去随谈

一

在中学校毕业是辛亥那一年。并不曾作升学的想头；理由很简单，因为家里没有供我升学的钱。那时的中学毕业生当然也有"出路问题"；不过像现在的社会评论家杂志编辑者那时还不多，所以没有现在这样闹嚷嚷地。偶然的机缘，我就当了初等小学的教员，与二年级的小学生做伴。钻营请托的况味没有尝过；依通常说，这是幸运。在以后的朋友中间有这么一个，因在学校毕了业，将与所谓社会者对面，路途太多，何去何从，引起了甚深的怅惘；有一回偶游园林，看见澄清如镜的池荡，忽然心酸起来，强烈地萌生着就此跳下去完事的欲望。这样生帖孟脱的青年心情我却没有，小学教员是值得当的，我何妨当当；依实际说，这又是幸运。

小学教员一连当了十年，换过两次学校，在后面的两个学校里，都当高等班的级任，但也兼过半年幼稚班的课——

幼稚班者，还够不上初等一年级，而又不像幼稚园儿童那样地被训练着，是学校里一个马马虎虎的班次。职业的兴趣是越到后来越好；这因为后来的几年中听到一些外来的教育理论同方法，自家也零星悟到一点，就拿来施行，而同事又是几个熟朋友的缘故。当时对于一般不知振作的同业颇有点看不起，以为他们德性上有着污点，倘若大家能去掉污点，教育界一定会放光彩的。

民国十年暑假后开始教中学生。那被邀请的理由是很滑稽的。我曾写一些短篇小说刊载在杂志上。人家以为能作小说就是善于作文，善于作文当然也能教文，于是，我仿佛是颇适宜的国文教师了。这情形到现在仍旧不衰，作过一些小说之类的往往被聘为国文教师，两者之间的距离似乎还不曾经人切实注意过。至于我舍小学而就中学的缘故，那是不言而喻的。

直到今年，曾在五处中学三处大学作教，教的都是国文；这大半是兼务，正业是书局编辑，连续七年有余了。大学教员我是不敢当的；我知道自己怎样没有学问，我知道大学教员应该怎样教他的科目，两相比并，不敢是真情。人家却说了："现在的大学，名而已！你何必拘拘？"我想这固然不错；但从"尽其在我"的意义着想，不能因大学不像大学，我就不妨去当不像大学教员的大学教员。所惜守志不严，牵于友情，竟尔破戒。今年在某大学教"历代文选"，劳动节的第二天，接到用红铅笔署名 L 的警告信，大约说我教那些古旧的文篇，徒然助长反动势力，于学者全无益处，请即自动辞职，免讨没趣云云。我看了颇愤愤：若说我没有学问，我承认；却说我助长反动势力，我恨反动势力恐怕比这位 L 先生更真切些呢；或者以为教古旧的文篇便是助长反动势力的实证，更不用问对于文篇的态度如何，那么他该叫学校当局变更课程，不该怪到我。后来知道这是学校波澜的一个弧痕，同系的教员都接到 L 先生的警告信，措辞比给我的信更严重，我才像看到丑角的鬼脸那样笑了。从此辞去不教；愿以后谨守所志，"直到永远"。

自知就所有的一些常识以及好嬉肯动的少年心情，当当小学或初中的教员大概还适宜的。这自然是不往根柢里想去的说法；如往根柢里想去，教育对于社会的真实意义（不是世俗所认的那些意义）是什么，与教育相关的基本科学内容是怎样，从事教育技术上的训练该有哪些项目，关于这些，我就同大多数的教员一样，知道得太微少了。

二

作小说的兴趣可说由中学校时代读华盛顿欧文的《见闻录》引起的。那种诗味的描写，谐趣的风格，似乎不曾在读过的一些中国文学里接触过；因此这样想，作文要如此才佳妙呢。开头作小说记得是民国三年；投寄给小说周刊《礼拜六》，被登载了，便继续作了好多篇。到后来，礼拜六派是文学界中一个卑污的名称，无异海派黑幕派鸳鸯蝴蝶派等等。我当时的小说多写平凡的人生故事，同后来的相仿佛，浅薄诚有之，如何恶劣却未必，虽然所用的工具是文言，也不免贪懒用一些成语古典。作了一年多便停笔了，直到民国九年才又动手。是颉刚君提示的，他说在北京的朋友将办一种杂志，作一篇小说付去吧。从此每年写成几篇，一直不曾间断；只今年是例外，眼前是十月将尽了，还不曾写过一篇呢。

预先布局，成后修饰，这一类 ABC 里所诏示的项目，总算尽可能的力实做的。可是不行；作小说的基本要项在乎有一双透入的观世的眼，而我的眼够不上；所以人家问我哪一篇最惬心时，我简直不能回答。为要作小说而训练自己的眼固可不必；但眼的训练实是生活的补剂，因此我愿意对这上边致力。如果致力而有进益，由这进益而能写出些比较可观的文字，自是我的欢喜。

为什么近来渐渐少作，到今年连一篇也没有作呢？有一个浅近的比喻，想来倒很确切的。一个人新买一具照相器不离手的对光，扳机，卷干片，一会儿一打干片完了，便装进一打，重又对光，扳机，卷干片。那时候什么对象都是很好的摄影题材；小妹妹靠在窗沿憨笑，这有天真之趣，摄他一张；老母亲捧着水烟袋抽吸，这有古朴之致，摄他一张；出外游览，遇到高树，流水，农夫，牧童，颇浓的感兴立刻涌起，当然不肯放过，也就逐一摄他一张。洗出来时果能成一张像样的照相与否似乎不很关紧要，最热心的是"嗒"的一扳；面前是一个对象，对着他"嗒"的扳了，这就很满足了。但是，到后来却有相度了一会终于收起镜箱来的时候。爱惜干片吗？也可以说是，然而不是。只因希求于照相的条件比以前多了，意味要深长，构图要适宜，明暗要美妙，更有其他等等，相度下来如果不能应合这些条件，宁可收起镜箱了事；这时候，徒然一扳是被视为无意义的了。我从前多写只是热心于一扳，现在却到了动辄收起镜箱的境界，是自然的历程。

三

《中学生》主干曾嘱我说一些自己修习的经历，如何读书之类。我很惭愧。自计到今为止，没有像模像样读过书，只因机缘与嗜好，随时取一些书来看罢了。书既没有系统，自家又并无分析的综合的能力，不能从书的方面多得到什么是显然的。外国文字呢？日文曾读过葛祖兰氏的《自修读本》两册，但是像劣等的学生一样，现在都还给教师了。至于英文，中学时代不算读得浅，读本是文学名著，文法读到纳司非尔的第四册呢；然而结果是半通不通，到今看电影字幕还未能完全明白（我觉得读英文而结果如此的实在太多了。多少的精神时间，终于不能完全看明白电影字幕！正在教英文读英文的可以反省一下了）。不去彻底修习，弄一个全通真通，当然是自家的不是，可是学校对于学生修习的各项科目都应定一个毕业最低限度，一味胡教而不问学生是否达到了最低限度，这不能不怪到学校了。外国文字这项工具既不能使用，要接触一些外国的东西只好看看译品，这就与专待喂饲的婴孩同样的可怜，人家不翻译，你就没法想。讲到译品，等类颇多。有些是译者实力不充而硬欲翻译的，弄来满盘都错，使人怀疑何以外国人的思想话语会这样的奇怪不依规矩。有些据说为欲忠实，不肯稍事变更原文文法上的排列，就成为中国文字写的外国文。这类译品若请专读线装书的先生们去看，一定回答"字是个个识得的，但不懂得这些字凑合在一起讲些什么。"我总算能够硬看下去，而且大概有点懂，这不能不归功到读过两种读如未读的外国文。最近看到东华君译的《文学之社会学的批评》，清楚流畅，义无隐晦，以为译品像这个样子，庶几便于读者。声明一句，我不是说这本书就是翻译的模范作；我没有这样狂妄，会自认有判定译品高下的能力。

说起读书，十年来颇看到一些人，开口闭口总是读书。"我只想好好儿念一点书，""某地方一个图书馆都没有，我简直过不下去，""什么事都不管，只要有书读，我满足了"，这一类话时时送到我的耳边；我起初肃然生敬，既而却未免生厌。

那种为读书而读书的虚矫，那种认别的什么都不屑一做的傲慢，简直自封为人间的特殊阶级，同时给与旁人一种压迫，仿佛唯有他们是人间的智慧的葆爱者。读书只是至平常的事而已，犹如吃饭睡觉，何必作为一种口号，唯恐不遑地到处宣传。况且所以要读书，自全凭观念的玄学以至真凭实据的动植矿，就广义说，无非要改进人间的生活。单只是"读"决非终极的目的。而那些"读书""读书"的先生们似乎以为单只是"读"很了不起的，生活云云不在范围以内；这也引起我的反感。我颇想标榜"读书非究竟义谛主义"——当然只是想想罢了，宣言之类是不曾做的。或者有懂得心理分析的人能够说明我之所以有这种反感，由于自家的头脑太俭了，对于书太疏阔了，因此引起了嫉妒，而怎样怎样的理由是非意识地文饰那嫉妒的丑脸的。如果被判定如此，我也不想辩解，总之我确然曾有了这样的反感。至于那些将读书作口号的先生们果否真个读书，我不得而知；只有一层，从其中若干人的现况上看，我的直觉的评判成为客观的真实了。他们果然相信自己是人间智慧的宝库，无所不知，无所不能，得便时抛开了为读书而读书的招牌，就不妨包办一切他们俨然承认自己是人间的特殊阶级，虽在极微细的一谈笑之顷，总要表示外国人提出来的"高等华人"的态度。读书的口号，包办一切，"高等华人"，这其间仿佛有互相纠缠的关系；若请希圣君来解释，一定能头头是道的。

四

我与妻结婚是由人家做媒的，结婚以前没有会过面，也不曾通过信。结婚以后两情颇投合，那时大家当教员，分开在两地，一来一往的信在半途中碰头，写信等信成为盘踞心窝的两件大事。到现在十四年了，依然很爱好。对方怎样的好是彼此都说不出的，只觉得适合，更适合的情形不能想象，如是而已。

这样打彩票式的结婚当然很危险的，我与妻能够爱好也只是偶然；迷信一点说，全凭西湖白云庵那月下老人。但是我得到一种便宜，不曾为求偶而眠思梦想，神魂颠倒；不会沉溺于恋爱里头备尝甜酸苦辣种种味道。图得这种便宜而去冒打彩票式的结婚的险，值得不值得固难断言；至少，青年期的许多心力和时间是挪移了过来，可以去应付别的事情了。

现在一般人不愿冒打彩票式的结婚的险是显然的，先恋爱后结婚成为普通的信念。我不菲薄这一种信念，它的流行也有所谓"必然"。我只想说那些恋爱至上主义者，他们得意时谈心，写信，作诗，看电影，游名胜；失意时伤心，流泪，作诗（充满了惊叹号），说人间至不幸的只有他们，甚至想投黄浦江；像这样把整个生命交给恋爱，未免可议。这种恋爱只配资本家的公子、"名门"的小姐去玩的。他们享用的是他们的父亲祖先剥削得来的钱，他们在社会上的地位在未入母腹时早就排定，他们看看世界非常太平，一点没有问题；闲暇到这样子却也有点难受，他们于是去做恋爱的题目，弄出一些悲欢哀乐来，总算在他们空白的生活录写上了几行。如果是并不闲暇到这样子的青年，而也想学步，那唯有障碍自己的进路，减损自己的力量而已。

人类不灭，恋爱也永存。但恋爱有各色各样。像公子小姐们玩的恋爱，让它"没落"吧！

一九三〇年十月二十九日作

《中学生杂志》以《出了中学校以后》一题征文，因作此篇。

一九三一年六月十七日记

将离

跨下电车，便是一阵细且柔的密雨。南北东西的风把雨吹着，尽向我的身上卷上来。电灯光特别昏暗，火车站的黑影兀立在深灰色的空中，那边一行街树，像魔鬼的头发似的飘散舞动，作些萧萧的声响。我突然想起：难道特地要教我难堪，故意先期做起秋容来嘛！便觉得全身陷没在凄怆之中，刚才喝下去的一斤酒在胃里也不大安分起来了。

这是我的一种揣想：天日晴朗的别胜于风凄雨惨的别，朝晨午昼的别胜于傍晚黄昏的别。虽然一回的别不能兼试二者以为比较，虽然这一回的别还没有来到，我总相信我所揣想是大致不谬的。然而到那边去的轮船照例是十二点光景开的，黄昏的别是注定的了。像这样入秋渐深，像这样时候吹一阵风洒一阵雨，又安知六天之后的那一夜，不更是风凄雨惨的别呢！

* * *

一点东西也不要动：散乱的书籍，

零星的原稿纸，积着墨汁的水盂，歪斜地摆着的砚台……一切保留着原来的位置。一点变更也不让有：早上六点起身，吃了早饭，写了一些字，准时到办事的地方去，到晚回家，随便谈话，与小孩子胡闹……一切都是那平淡的生活。全然没有离别的空气，更有什么东西会迫紧拢来？好像没有这快要来到的一回事了。

记得上年平伯去国，我们同在一家旅馆里，明知再不到一点钟，离别的利刃要把我们分割开来了。于是一启口一举手都觉得有无形的线把我牵着，又似乎把我周身捆紧来；胸口也闷闷的不好过了。我竭力要想摆脱，故意做出没有什么的样子，靠在椅背上，举起杯子喝茶，又东一句西一句地谈着。然而没有用处，只觉得十分地勉强，只觉得被牵被捆被压得越紧罢了。我于是想：离别的空气既已凝集了，再也别想冲决，它是非把我们挤了开来不可的！

现在我只是不让这空气凝集，希望免了被牵被捆被压种种的纠缠。我又这么痴想着：到这离去的一刻，最好恰在沉酣的睡眠中，既泯能想，自无所想。虽然觉醒之后，已经是大海孤轮中的独客，不免起深深的惆怅；然而最难堪的一关已成过去，情形便自不同了。

* * *

然而这空气终于会凝集拢来，走进家里，看见才洗而缝好的被服，衫裤长袍之类也一叠叠地堆在桌子上。这不用问得，是我旅程中的同伴了。"偏要这么多事！既已弄了，为什么不早点收拾好！"我略微烦躁地想。但是必须带走既属事实，早日预备尤见从容，我何忍说出这责备的话呢——实在也不该责备，只该感激。

然而我触着这空气了，而且嗅着它的味道了，与上年在旅馆里所感到的正是同一的种类，不过还没有这样浓密而已。我知道它将要渐渐地浓密，犹如西湖上晚来的烟雾；直到最后，它具有一种强伟的力量，便会把我一挤；我于是不自主地离开这里了。

我依然谈话，写字，吃东西，躺在藤椅子上；但是都有点异样，有点不自然。

夜来有梦，梦在车站月台之旁。霎时火车已到，我急把行李提上去，身子也就登上，火车便疾驰而去了。似乎还有些东西遗留在月台那边，正在检点，即想起遗留的并不是东西，却是几个人。这很奇怪，我竟不曾向他们说一声"别了"，竟不曾伸出手来给他们；不仅如此，登上火车的时候简直把他们忘了。于是深深地悔恨，这怎么能不说一声、握一握呢！假若说了握了，究竟是个完满的离别，多少是好。"让我回头去补了吧！让我回头去补了吧！"但是火车不睬我，它喘着气只是向前奔。

这梦里的登程，全忘了月台上的几个人，与我所痴心盼望

的酣睡时离去，情形正相仿佛，现在梦里的经验告诉我这只有
勾引些悔恨，并不见得会比较好一点。那么，我又何必作这种
痴想呢？然而清醒地说一声握一握的离别究何尝是好受的！

＊ ＊ ＊

"信要写得勤，要写得详；虽然一班船动辄要隔三五天，
而厚厚的一叠信笺从封套里抽出来，总是独客的欣悦与安慰。"

"未必能够写得怎样勤怎样详吧。久已不干这勾当了；大
的小的粗的细的种种事情箭一般地射到身上来，逐一对付已经
够受了，知道还有多少坐定下来执笔的工夫与精神！"

离别的滋味假若是酸的，这里又掺入一些苦辛的味素了。

一九二三年九月十二日作完

客语
———

　　侥幸万分的竟然是晴明的正午的离别。

　　"一切都安适了，上岸回去吧，快要到开驶的时候了。"似乎很勇敢地说了出来，其实呢，处这境地，就不得不说这样的话。但也不是全不出于本心。香蕉与生梨已经买好给我了，话是没有什么可说了，夫役的扰攘，小舱的郁蒸，又不是什么足以赏心的，默默地挤在起，徒然把无形的凄心的网织得更密罢了，何如早一点就别了呢。

　　不可自解的是却要送到船栏；而且不止于此，还要走下扶梯，送到岸上。自己不是快要起程的旅客吗？然而竟充起主人来。主人送了客，回头踱进自己的屋子，看见自己的人。但是现在——现在的回头呢！

　　并不是懦怯，自然而然看看别的地方，答应"快写信来"那些嘱咐。于是被送的转身举步了。也不觉得什么，只仿佛心里突然一空的样子（老实说，有点摹写不出了）。随后想起应该上船，便跨上扶梯；同时用十个指头梳一梳散乱的头发。

倚着船栏，看岸上的人去得不远，而且正回身向这里招手。自己的右手不待命令，也就飞扬跋扈地舞动于头顶之上了。忽地觉得这刹那间这个境界很美，颇堪体味。待再望岸上人，却已没有踪迹，大概转了弯赶电车去了。

* * *

没有经验的想望往往是外行的，待到证实，不免自己好笑。起初以为一出口便是苍茫无际的海天，山头似的波浪打到船上来，散为裂帛与抛珠，所以只是靠着船栏等着。谁知出了口还是似尽又来的沙滩，还是一抹连绵的青山，水依然这么平，船依然这么稳。若说眼界，未必宽阔了多少，却觉空虚了好些，若说趣味，也不过同乘内河小汽船一样。于是失望地回到舱里，爬上上层自己的铺位，只好看书消遣。下层这位先生早已有时而猝发的鼾声了。

实在没有看多少书，不知怎么也朦胧起来了。只有用这朦胧两字最确切，因为并不是睡着，汽机的声音和船身的微荡，我都能够觉知，但仅只是觉知，更没有一点思想一毫情绪。这朦胧仿佛剧烈的醉，过了今夜又是明朝地只是不醒，除了必要的坐起来几回，如吃些饼干牛肉香蕉之类，也就任其自然——连续地朦胧着。

这不是摇篮里的生活吗？婴儿时的经验固然无从回忆了，但是这样地只有觉知而没有思想没有情绪，应当有点想象。自然的，所谓离思也暂时给假了。

＊　＊　＊

向来不曾亲近江山的，到此却觉得趣味丰富极了。书室的窗外，只隔一片草场，闲闲地流着闽江。彼岸的山绵延重叠，有时露出青青的新妆，有时披上薄薄的雾帔，有时不知从什么地方来了好些云，却与山通起家来，于是更见得山的郁郁然有奇观了。窗外这草场差不多是养着的几十头羊与十头牛的领土。看守羊群的人似乎不主张放任主义的，他的部民才吃了一顿，立即用竹竿驱策着，教他们回去。时时听得仿佛有几个人在那里割草的声音，便想到这十头牛特别自由，还是在场中游散。天天喝的就是他们的奶，又白又浓又香。真是无上的惠赐。

卧室的窗对着山麓，望去有裸露的黑石，有矮矮的松林，有泉水冲过的涧道。间或有一两个人在山顶上樵采，形体貌小极了，看他们在那里运动着，便约略听得微茫的干草瑟瑟的音响。这仿佛是古代的幽人的境界，在什么诗篇什么画稿里边遇见过的。暂时地充当古代的幽人，当然有一些新鲜的滋味。

月亮还在山的那边，仰望山容，苍苍的，黯黯的，更见得深郁。一阵风起，总是锐利的一声呼啸一般，接着便是一派松涛。忽然忆起童年的情景来：那一回与同学们远足天平山，就借宿在高义园,稻草衬着褥子,横横竖竖地躺在地上。半夜里醒来了,一点光都没有,只听得洪流奔放似的声音,这声音差不多把一切包裹起来了;而身体颇觉寒冷,因把被头裹得更紧点。自此再也不想睡,直到天明,只是细辨这喧而弥静静而弥旨的滋味。三十年来,所谓山居,就只有这么一回。而现在又听到这声音了,虽然没有那夜那样宏大,但是将来的风信正多且将常常地更甚地听到呢,只不知童年的那种欣赏的心情能够永永持续否……

这里有秋虫,有很多的秋虫,本来没有秋虫的地方到底是该诅咒的例外。躺在床上听听,真是个奇妙的合奏,有时很繁碎,有时很凝集,而总觉恰合正好,足以娱耳。中间有一种不知名的虫,它们的声音响亮而曼长,像一种弦乐,而且引起人家一种想象,仿佛见一位乐人在那里徐按慢抽地拉奏。

松声与虫声渐渐地微淡微淡,终于消失了……

* * *

仓前山差不多一座花园,一条路一丛花一所房屋一个车夫都有诗意。尤可爱的是晚阳淡淡的时候,礼拜堂里送出一声钟响,绿荫下走过几个打着花纸伞的女郎。

跟着绍虞夫妇前山后山地走,认识了两相仿佛的荔枝树与龙眼树,也认识了长髯飘飘的生着气根的榕树,眺望了我们所住的那个山又看了胭脂一般的西面的暮云,于是坐在路旁的砖砌的短栏上休息。渐渐地四围昏暗了,远处的山只像几搭极淡的墨痕染渍在灰色的纸上。乡间的女人匆匆地归去，走过我们身边，很自然地向我们看一看。那种浑朴的意态，那种奇异的装束（最足注目的是三支很长的发钗，像三把小剑，两横一竖地把发髻插住，我想，两个人并肩走时，横插的小剑的锋会划着旁人的头皮），都使我想到古代的人。同时又想，什么现代精神，什么种种的纠纷，都渺茫到像此刻的远山一样，仿佛沉在梦幻之中了。

＊ ＊ ＊

中秋夜没有月，这倒很好，我本来不希望看什么中秋月。与平常没有月亮的晚上一样，关在书室里，就美孚灯光下做了一点功课，就去睡了。

＊ ＊ ＊

第二天的傍晚，满天是云，江面黯然。西风摇窗棂，吉格作响。突然觉得寂寥起来，似乎不论怎样都不好。但是又不能什么都不，总要在这样那样里边占其一，这时候我所占的就是倚窗怅望。然而怅望又有什么意思呢！

绍虞似乎有点揣度得出，他走来邀我到江边去散步。水波被滩石所当，激触有声。更有广遍而轻轻的风一般的音响平铺在江面，潮水又退出去了。便随口念着当时的诗句：

潮声应未改，

客绪已频更。

　　七年以前，我们一同到南通去。回出城来，在江滨的客店里歇宿候船。却成了独客。荒凉的江滨晚景已足使人怅怅，又况是离别开场的一晚，真觉得百无一可了。聊学雅人口占一诗，借以排遣。现在这两句就是这一首诗里的。唉，又是潮声，又是客绪。

　　所谓客绪，正像冬天的浓云一般，风吹不散，只是越凝集越厚，散步的药又有什么用处。回到屋里，天差不多黑了，我们暂时不点火，就在昏暗中坐下。我说："介泉在北京常说，在暮色苍茫之际，炉火微明，默然小坐，别有滋味。"绍虞答应了一声，就不响了。很是奇怪，何以我和他的声音都觉特别地寂寞；仿佛在一个广大的永寂的虚空中，仅仅荡漾着这一些声音，音波散了，便又回复它的永寂。

　　想来介泉所说的滋味，定带着酸的。他说"别有"诚然是"别有"，我能够体味他的意思了。

　　点火以后，居然送来了切盼而难得的邮件，昨天有一艘轮船到这里了。看了第一封，又把这心挤得紧一点。第二封是平伯的，他提起我前几天作的一篇杂记，说："……此等事终于无可奈何，不呻吟固不可，作呻吟又觉陷于怯弱。总之，无一而可，这是实话。……"

　　似乎觉得这确是怯弱，不要呻吟吧。

　　但是还要去想，呻吟的为了什么？恋恋于故乡吗？故乡之足以恋恋的，差不多只有藕与莼菜这些东西了，又何至于呻吟？恋恋于鹁鸪箱似的都市里的寓居吗？既非鹁鸪，又至于因为飞开了而呻吟？老实地说，简括地说，只因一种愿与最爱与同居的人同居的心情，忽然不得满足罢了。除了与最爱与同居的人同居，人间的趣味在哪里？因为不得满足而呻吟，正是至诚的话，有什么怯弱不怯弱？那么，又何必不要呻吟呢？

呻吟的心本来如已着了火的燃料，浓烟郁结，正待发焰。平伯的信恰如一个火把，就近一引，于是炽盛地燃烧起来了……

一九二三年十月一日作完

回过头来

——

客中的心绪，陈套一点说，自然是"麻起"，但实在是简单到二十四分的，只不过一个"怅怅然"罢了。说这由于想那恋念着的谁某，由于想那萦系着的什么，当然最能取得人家心意的默许；他们会得这样反证，不为了那些，又为什么至于怅怅然呢？然而殊未必。有时候一念突起，仿佛荒林中赶出来一个猎户，他要抢住一些刚才在这里乱窜的野兽——那些藏藏露露闪闪现现的思念。可是没有，连一根毛一个影子都没有！似乎刚才觉得有野兽在这里乱窜仅是一种幻觉，其实这里只有空虚的荒林与死样的沉寂。于是猎户迷疑而发呆了：他不想起所顶何天，所履何地，所形何人，他自忘了。试想所有的思念既然微淡到这样，至于不可把捉，还能说是在想着恋念着的萦系着的吗？然而亦唯这样地微淡，捉它不着，不捉便来，所以时刻感觉被裹在个薄薄的"怅怅然"的网里：——亦可说堕入一个循环，因也是怅怅然，果也怅怅然。

低头做功课，也只是微薄的强制力勉强支持着罢了。这可以把乐器的弦线来比喻：韧结的弦线找不到，固然可以把粗松一点的蹩脚货来凑数，从外貌看这乐器是张着齐整的弦线，偶一挥指，也能够发出扑通的声音。但是这粗松的弦线经不起弹拨的，只要你多弹一会或者用力重一点，它就啪地断了。当然的，你能够把它重新续上；然而隔不到一歇，它又啪地断了！断是常，不断是变；不能弹是常，能弹是变，这蹩脚的弦线还要得嘛！可怜我仅有这蹩脚的弦线，这微薄的强制力，所以"神思不属"是常，而"心神倾注"是变了。

在这屡屡神思不属的当儿，如其听到窗外有细碎的鞋底擦着沙地的声音，中间偶尔夹着轻松而短促的一声"砰"，便淡漠地想，"他们又在那里玩篮球了。"这样的听到，这样的想，与其说原于知觉，不如说仅是反应，似乎中间只有很简单的作用。倘若再感受得回数多一点，恐怕更要渐就疲癃，终于连这一些反应都没有，竟成为冥漠无觉了。

但是我尚不曾看过一回他们的玩篮球。当十三四岁的时候，学校里的运动场还没有铺好，正布了一批小石块，预备在上面铺沙土，再用碾地器把它碾得坚结且平贴。我们却等不及了，捧出皮球来就踢；也无所谓双方的门和界线，也无所谓门守冲锋等等的分职，只是对着球所在的方向跑，见球下落就抢，抢着了就举足把它踢出去而已。我虽然难得抢到球，就是抢到了，踢起来也高过我的头不多（而且脚背上总要感觉辣辣的痛），可是奔跑和抢夺的勇气决不让于能踢高球（高过了楼屋还是卓直地向上升）的几位同学。有一天，记得是傍晚时候，书包已拿在手中，预备回家了，只因对于那个球尚有点恋恋，所以不曾离开运动场。正在奔逐之际，突然间耳际砰地一响，左颊受着猛烈的一击，身体就跌倒在地上。当时也想不起这是什么，仿佛觉得是一块又大又结实的东西，不知为什么却撞到了我的脸上来；那砰的响声渐次转为粗浊，延绵不断，似乎什么地方低低地打鼓。"血"！同学们把我扶起时出惊地嚷着。我迷糊地依着他们所指示看去，是在右面的膝盖，裤子破了，看得见溢出的鲜血与裂开的皮肉。我于是觉得痛，不可忍受的痛。同学把我扶回家里，就躺在床上。这伤处是很不巧的，只要动一动就会使已经凝合的浓血迸裂，重又涌出新血来；我绝不敢动，整整地僵卧了一个星期，方能起身到学校，这自然与没有这回事一样了。然而不然。看见在场中腾跃着的皮球觉得有点儿怕，虽然是平淡的却也是不可磨灭的，再也没有向它追赶，把它抢在手中，更举起足来同它发生一点交涉的勇气了。有几回自己策励着说，"怕什么，这么小的痛楚！——何况皮球不会天天撞到脸上来的"。虽然这样想，两条腿总似被无形的绳索牵住了，终于不肯跨进运动场（不多几时，沙土都铺好，而且碾得很坚结很平贴了），加入足球的队伍。这一段回溯是说明我对于球类的游戏曾有这么一个印象，为现在不曾看过一回楼下的玩篮球的一个原因。第二个原因呢，就可说是"怅怅然"之毒。不看固怅怅然，看了也无非怅怅然，反正是一样，倒不如不要看还省得个从桌子前走到窗前的麻烦。

这一天上午，绍虞走来闲谈，不知从什么谈到了午后的篮球比赛。他说："今天这十个人是这里最好的两组，在福州地方，他们是常胜军。"我的心动了一动（我们走到一处地方听人说这是从前某人的遗迹，或者说有名的某某事件就发生在这地方的，于是心不由得动一动，这里所说动了一动正与相像）；但是随后就淡忘了，既不复想起刚才曾有这么动一动，当然不会想起为什么而动。午后，已经四点多了，蛎粉墙上映着淡淡的斜方的日影，略有风声水声发于江上，无意中听得楼下有细碎的鞋底擦着沙地的声音了，中间偶尔夹着轻松而短促的一声"砰"。这个把我的淡忘的印象唤回来了，心想"这是最好的两组，是常胜军，何不看一看呢"，便站起来，走向窗前，倚着栏杆，是每天傍晚靠着它，怅望那上潮或下潮的江面，以及若隐若现的远山，或是刻刻变幻的霞云的栏杆。

这球场是经行惯的；沿着场的方框疏疏密密站着些旁观者，这也是以前在别处见惯了而不足为奇的。可是这两组这十个人的活动却把我的心神摄住了。他们的身体这样地轻，腿这样地健：才奔向这一角，刹那间已赶到那一角了，正同绝顶机敏的猎犬。他们的四肢百骸又这样地柔软：后弯着身躯会得接球；会得送球；横折着腰肢会得受球，会得发球；要取这球时，跃起来，冲前去，便夺得了；要让这球时，闪过点，蹲下点（甚至故意跌倒在地上）便避开了。他们两方面各有熟习的阵势？球在某人手中，第二个人早已跑到适当的地位等着，似乎料得定他手中的球将怎样抛出来而且一定抛得这么远。同时预备接第二个人的球的第三个人也就跑到另一个适当的地位，预备接了球便投入那高高挂起的篮。在敌对的一面，那就一个人贴近正拿着球的，极敏捷极警觉地想法夺取那手中的球。又一人监守着预备接着球的第二个人，似乎他能确断所站的是个更为适当的地位，那球过来时一定落在自己的手中，又一定送到同伴的手中——他的眼光早已射到站在远处的可把球付与的同伴了。而他的几个同伴正就散开在几个适当的地位等着。这些仅是一瞬间的形势而已，而且叙述得太粗疏了，实际决不止这么一点。只等球一脱手，局面便全变了。主客之势，犄角之形，身体活动的姿态，没有一样不是新的。那球腾掷不歇，场上便刻刻呈现新的局面。

　　他们都沉寂不作声响；脸上现一种特异的神采，这不能叫做希望的容光，又不合称为竞争的气概，勉强述说，似乎"力的征象"或者"活动的征象"比较适切一点。偶然间一个人感觉有招呼同伴的必要，那就极轻悄地一声"某"——真是轻悄到十二分，仅足使同伴感觉而已——这某字是姓是名字，当然无从知道了。可是这么一声某就能收到与几多言语同样的效力，所要表达的提示嘱咐勉励等等的意思，都一丝不漏地传达于这所谓某的同伴，虽然他并不回答一声"知道了"，甚且一点头抬一抬眼的表示都没有，然而旁观者自能默悟，知道他确已完全承领了。

嚓嚓的脚步声是场上的音乐，节奏有徐有疾，却总带着轻快的情调。皮球着地或者与人的肢体击撞时发出空洞的音响，仿佛点着板眼。

我对着这一场力的活剧，活动的表现，一点思想都不起，什么"怅怅然"自然离开得远远了。仅有一种感觉（我们躺在床上半醒的时候，身旁的物象音响都能够感知可是不能够对于那些加以思索，这可以比况这里所说的感觉）略如以下的情形。我感觉这十个人如涌而来，如涌而往，竟同潮水那么伟大。皮球的一回抛出，身体的一回运动，完全与各个人相为呼应，正如潮水的一波一浪，与全潮水的呼吸融合着一样。他们这样地无心，什么胜利荣誉贪婪欺诈的心都没有，简直可以说他们没有各自的我。他们的心已融和为一个了！他们又这样地雄健，什么困疲残伤痛楚的顾虑都没有，简直可以说他们没有各自的身体。他们的身体也已融和为一个了！他们就是力！他们就是活动！

当时是不及反省，现在更无从回想，不知为着哪一端（被压迫于他们的伟大呢，有感于融和为一的情味呢，或者都不是而别有其他）忽觉心头酸酸的，呼吸也急促起来，同时眼前有点模糊，眼泪偷偷地渗出来了。我不能再看，于是回过头来。

* * *

在十几天以前，听说那个建筑师要回国去了；原因是他的叔父死了，遗下来的商业的事务归他继续经营，所以他亟须回去。这里的房屋都出于他的手，他自己的一所住宅是最先落成的。我不很经意地想，他要与亲手经营的成绩，自建的住屋，分别了；这分别将至若何程度，能不能重复会合，都是难以预料的。

隔了六七天，偶然靠窗凝望，见有几个工人扛着板装的器物经过楼下的沙路，也不措意。后来他们扛着第二第三批又经过了，使我立即想起这当是建筑师运回国去的货物；因此留心察看，见板面写着建筑师的名字以及他本国的地址，我的揣想便证实了。随后想，这不免为累，现在的整理装裹嘱咐转运，到后的取携启封处理位置，足使心神麻乱至两三个月而有余（至少我要如此）。器物本是供应使用的，今反为所累，这又何苦。假若到处有非常精良的供应使用的器物，而且数量极多，每个人分配得到一份尚不嫌欠缺，那时候，一个人到地球的东面有这样的享用，到地球的西面也有这样的享用，多占一份是事实上不需要，需要时却总能得满足，又何必独自占有一部分的私产？更何必带着累累赘赘的器物从甲地搬到乙地？这样的世界并非空中的蜃楼，物质的供给又是人力所能操纵的，只要大家具有要它实现的诚心，它就实现了。最紧要的是大家刷新，大家发生这一种诚心！——我想得太空洞不着实际了。

这一天早上，起身推窗，望那隔江的群山还正埋头在白云的被里；山腰以下没有遮盖，承着阳光，显出明鲜的绿意。楼下的场上直到江边，阴阴而愈见静寂，原来背后是东方，连山把初阳挡没了。江面泊着一艘待潮出口的海舶，仿佛是古代留下来的什么建筑物，带着凄恻孤零的况味。江水又低又平，似乎横铺着一条白蜡。

我依着老规矩靠在窗栏，无目的地向前直望。风吹拂过来颇感得些寒意；是西风又是秋风，这就见得无聊。忽然砰砰的一阵响，从右面的山凹处送出，使我惊讶起来。但是我立刻明白了：建筑师今天动身，这声响当是送行的爆仗。于是侧身右望，看是怎么一回情形。来了，山坡后最先走出个工人模样的人，执着一根竹竿，竿头挂着一串细小的红色的东西。随后便走出两两三三的好些人。大部分是工人的模样，有三四个也执着竹竿，竿头也挂有细小的红色的东西；更有几个手中拿着大的爆仗；我看他们这么燃药线，看那些红色的爆仗这么腾跃而上，立即听得干脆而宏大的"砰""砰"，接着便是爆碎的声音"啪""啪"……小爆仗的声音尤其密接无闲隙。这样，把一方的空气弄得紧张了；从实说，则是我的心被引得紧张了。

建筑师夫妇两个就杂在这群人中。他那高高的身材，走两三步就要略微抬一抬头的姿态，是众中特异的，更兼他的服装和一行人也显然不同，所以极易辨认。他与两个人并肩走，时时侧顾，谈些什么。他的夫人穿着一件淡红衣，前几天我也见她穿过，当时曾想这件衣服至少可以减轻她五岁的年龄。她行时身体很灵活，向这个又向那个谈笑着，又屡屡回头望背后；——背后山凹处是他们几年来的住宅，但现在是空无所有了，东西早几天就搬走了，人也开始上路了，或者她不是恋恋于住宅吧？或者她要多望几望什么再也不能望见的无形迹的东西吧？

一群人走下山坡，就来到场上。爆仗的音响使耳官起了异感，火药气也阵阵地激刺着鼻管。看那建筑师夫妇两个一路笑语着，向站在旁边给他们送别的人（原来爆仗声唤来了十几个人）举起手来招扬着，似乎很高兴的样子。但是又似乎有点儿勉强，没有他们平日那样自然。放爆仗的人只顾忙着放；连响很急，他们的步子也跟着加快；霎时间破碎的大小爆仗散得满地。其余的人也不自主地急走，有的靠近建筑师或他的夫人说一两句话（想来是致别语了），有的头也不回只是走。一切有形的无形的都加倍地紧张；照此情势，且将继长增高至于三倍四倍呢。

　　我半明不白地想，"他们归去"，"他们送行"；同时看见建筑师夫人举起手臂，向不知是谁挥扬着，似乎发狂的模样；爆仗是"砰砰………"啪啪……"地响着。突然心头一酸，鼻际也就酸得难过。我不能再看了，于是回过头来。

一九二四年四月九日作完。

揹枪的生活

现在的中学生正在那里受军事训练，我不知他们的兴味怎样。我当中学生的时代在清朝末年，那时候厉行军国民教育，所以我也受过三年多以上的军事训练。现在回想起来，旁的也没有什么，只是那揹枪的生活倒是颇有兴味的。

我们那时候揹的是后膛枪，上了刺刀，大概有七八斤重。腰间围着皮带。皮带上系着两个长方的皮匣子，在左右肋骨的部位，那是预备装子弹的。后面的左侧又系着刺刀的壳子。这样装束起来，俨然是个军人了。

我们平时操小队教练、中队教练，又操散兵线，左右两旁的伙伴离得特别开，或者直立预备放，或者跪倒预备放，或者卧倒预备放。当卧倒预备放的时候，胸、腹、四肢密贴着草和泥土，有一种说不出的快感。待教师喊出"举枪——放！"的口令的时候，右手食指在发弹机上这么一扳，更是极度兴奋的举动。

有的时候，我们练习冲锋，斜执着

上了刺刀的枪，一拥而前。不但如此，还要冲上五六丈高的土堆；土堆的斜坡很有点陡峭，我们也不顾，只是脚不点地似的向上跑。嘴里还要呐喊，"啊！——啊！"宛然有千军万马的气势。谁第一个跑到了土堆的顶上，那就高举手里的枪和教师手里指挥刀一齐挥动，犹如占领了一座要塞。

有的时候，我们练习野外侦察，三个四个作一组，各走不同的道路，向田野、树林所在出发。如果是秋季的晴天，这事情就大有趣味。干草的甘味扑鼻而来；各种的昆虫或前或后，飞飞歇歇，好像特地来和我们做伴；清水的池边，断栏的桥上，随处可以坐下来；阳光照在身上，不嫌其热，可是周身感到健康的快感。这当儿，我们差不多忘记了教师所讲的侦察时候应该注意些什么。我们高兴有这样的机会，从沉闷的教室里逃到空广的原野里，作一回掮着枪的游散。

一年的乐事，秋季旅行为最。旅行的时候也用军法部勒。一队有队长，一小队又有小队长，步伐听军号，归队、散队听军号，吃饭听军号，早起夜眠也听军号。我有几个同级的好友是吹号打鼓的好手，每逢旅行，他们总排在队伍的前头，显耀他们的本领。我从他们那里受到熏染，知道吹号打鼓与其他技艺一样，造诣也颇有深浅的差异；要沉着而又圆转，那才是真功夫。我略能鉴别吹奏的好坏；有几支军号的曲调至今也还记得。

　　旅行不但捎枪、束子弹带，还要向军营里借了粮食袋和水瓶来使用。粮食袋挂在左腰间，水瓶挂在右腰间，里边当然充满了内容物。这就颇有点累赘了，然而我们都欢喜这样的装束，恨不得在背上再加一个背包。其实枪也擦得特别干净，枪管乌乌的，枪柄上不留一点污迹，枪管的内面是人家所看不见的，可是也用心揩擦，直到用一只眼睛窥看的时候，来复线条条闪亮，耀着青光，才肯罢手。

　　旅行到了目的地，或者从轮船上起岸，或者从火车上下来，我们总是排着成四行的队伍，开着正步，昂然前进。校旗由排头笔直地执着；军号军鼓奏着悠扬的调子；步伐匀齐，没有一点错乱。人家没有留心看校旗上写的字，往往说"哪里来的军队"。听了这个话，我们的精神更见振作，身躯挺得更直，步子也跨得更大。有一年秋季旅行，达到目的地已经是晚上八点过后了，天下着大雨，地上到处是水潭。我们依然开正步，保持着队伍的整齐形式。一步一步差不多都落在水潭里，皮鞋的空隙处完全灌满了水，衣服也湿透了，紧贴着皮肤。我们都以为这是有趣的佳遇，不感到难受。又有一年秋季，到南京去参观南洋劝业会，正走进会场的正门，忽然来一阵粗大的急雨。我们好像没有这回事一般，立停，成双行向左转，报数，搭枪架，然后散开，到各个馆里去参观。明天《会场日报》刊登特别的记载：某某中学到来参观，完全是军队的模样，遇到阵雨，队伍绝不散乱，学生个个精神百倍，如是云云。我们都珍重这一则新闻记事，认为这一次旅行的荣誉。

旅行时候的住宿又是一件有味的事。往往借一处地方，在屋子里平铺着稻草，就把带去的被褥摊在上面。睡眠的号声幽幽地吹起来时，大家蚱蜢似的蹿向自己的铺位，解带子，脱衣服，都觉得异样新鲜，似乎从来没有做过的。一会儿熄灯的号声又起来了，就在一团黑暗里静待入睡。各人知道与许多的伙伴一起，差不多同睡在一张巨大的床上，所以并不感到凄寂。第二天醒来当然特别早，只等起身号的第一个音吹出，大家就站了起来，急急忙忙把自己打扮成个军人了。

从前的掮枪生活，现在回想起来，颇带一点浪漫的意味。这在当时主张军国民教育的人说来，自然是失败了。然而我们这一批人的青年生活却因此多得了一种润泽。

随便谈谈我的写小说

我做过将近十年的小学教员，对于小学教育界的情形比较知道得清楚点。我不懂什么教育学，因为我不是师范出身；我只能直觉地评判我所知道的。评判当然要有尺度，我的尺度也只是杜撰的。不幸得很，用了我的尺度，去看小学教育界，满意的事情实在太少了。我又没有什么力量把那些不满意的事情改过来，我也不能苦口婆心地向人家劝说——因为我完全没有口才。于是自然而然走到用文字来讽他一下的路上去。我有几篇小说，讲到学校、教员和学生的，就是这样产生的。

其实不只是讲到学校、教员和学生的小说，我的其他小说的产生差不多都如此。某一事像我觉得他不对，就提起笔来讽他一下。我的叙述当然不能超越我的认识与理解的范围；认识与理解不充分，因而使叙述出来的成为歪曲变态的形象，这样的事情是不能免的。但是我常常留意，把自己表示主张的部分减到最少的限度。我也不是要想取得"写实主义""写实派"等的封号；我以为自己表示主张的部分如果占了很多的篇幅，就超出了讽他一下的范围了。

若问创作的经验，我实在回答不来。我只觉得有了一个材料而不曾把他写下来的当儿，心里头好像负了债似的，时时刻刻会想到它，做别的工作也没有心路。于是只好提起笔来写。在我，写小说是一件苦事情。下笔向来是慢的；写了一节要重复诵读三四遍，多到十几遍，其实也不过增减几个字或者一两句而已；一天一篇的记录似乎从来不曾有过，已动笔而未完篇的一段时间中的紧张心情，夸张一点说，有点像呻吟在产褥上的产妇的。直到完篇，长长地透一口气，这是非常的快乐。然而这不是成功的快乐；我从来不曾成功过。有人问我对于自己的小说哪一篇最满意，我真个说不出来，只好老实说没有满意的。也有人指出哪一篇还可以，哪一篇的哪些地方有点儿意思，我自己去复阅，才觉得果然还可以，有点儿意思。不懂得批评之学，这样不自知也是应该的，无足深愧。

我一直不把写小说当做甚胜甚盛的事，虽然在写的时候，我也不愿马马虎虎。所谓讽他一下也只是聊以自适而已；于社会会有什么影响，我是不甚相信的。出一本集子，看的也是作小说的人以及预备作小说的人，说得宽一点，总之是广大群众中间最少最少的一群。谁没落了，谁升起了，都是这最少最少的一群中间的事，圈子以外全然不知道。这与书家写字、画家作画有什么两样？所以要讲功利，写小说不如说书、唱戏、演电影、写通俗唱本、画连环图画。我最近一年间写了一部初级小学国语课本，销行起来，数量一定比小说集子多；这倒是担责任的事，如果有什么荒谬的东西包含在里边，贻害儿童实非浅鲜。小说要对于社会发生影响，至少在能够代替旧小说《三国志》、《红楼梦》的时候；如果大多数的同胞都识了字，都欢喜读新小说，那时候自然影响更大了。

在一篇回忆"一·二八"的《战时琐记》里，我曾经说过这样的话："你说作宣传文字嘛，士兵本身的行为的宣传力量比文字强千万倍呢。你说制作什么文艺品，表现抗斗精神嘛，中国却是一种书卖到一万本就算销数很了不得的国家。在这一点上，我以为执笔的人应该'没落'"。我是真切地这样感到才这样说的。谁知就有人称我为文学无用论者，说我这说法是一种烟幕弹。我并不在这里应战，用了烟幕弹预备袭击谁呢？说的人没有说明白，我至今也还想不透。

我以后大概还要写小说，当职业的工作清闲一点，而材料在我心头形成一个凝合体的时候。

战时琐记

一月二十五前后，闸北人家移居者纷纷。我家不曾打算过搬。一则看定当局必将屈服，既屈服，总不会有事情了。二则也颇不以那些抱头鼠窜的人为然，祸患将至，什么也不想，只有一个逃，未免卑怯；我们若无其事，仿佛给他们一个抗议。但是到了二十八下午三点过后，全里差不多走光了。邻居周乔峰先生来说："听说会冲突起来的，还是避避的好。"我们于是"动摇"了，扶老携幼走入租界。对于先前纷纷逃窜的人，我们是"五十步"。

那夜三点光景听得了枪声，非常的激动。激动，当然莫能自明所以然。说是为着中国兵这才打了有意义的仗吧，也许有之，不过当时并不清晰地意识着。

随后几天里，听说粮食恐将不继。百业停顿，即本来有业的也暂时成为失业者。便想到《饥饿》那部小说里所写的情形。饥饿本已踏遍了中国的各地，现在踏到了富室豪商伟人政客所认为乐土的上海，中国会换一副面目吧。

平时执笔做一些编录工作，算是做事。至此才觉自己实无一事能做。裁缝师傅能替士兵制丝绵背心，看护小姐能为士兵包扎伤处。凡有实在技能的人都能间接参加这一回战役，唯执笔的人没有用。你说作宣传文字嘛，士兵本身的行为的宣传力量比文字强千万倍呢。你说制作什么文艺品，表现抗斗精神嘛，中国却是一种书卖到一万本就算销数很了不得的国家。在这一点上，我以为执笔的人应该"没落"。

传闻总退却，不见报载而知其为真，那一天很难过。一位朋友说："既这样，闸北的人不是白牺牲"，我以为这倒不该这么说的。

领了公共租界工部局的"派司"，经过一道道日本守兵的检视，回到旧居去看看残破情形如何：这是闸北人共同的经历。我们也是这样。在将近里门的所在，日本兵检视"派司"后，知道我们要搬东西，用粉笔在我的衣襟上画了一个圆圈（是屋主人的符号，对于搬运夫则画三角形）。在这所在，我看见有好些端正着和顺的笑脸的人恭候那日本兵画圆圈的。

旧居中了猛烈的弹，三层门窗都不存了，墙上天花板上的粉饰也震落下来。木器全毁。衣服有了枪弹孔。书籍埋在灰屑中。就把比较完整的捡出来。一张吃饭桌，榉木的，是祖传的家具，只有一个枪弹孔，到现在全家还在这桌子上吃饭。

没有日记

《现代》编者嘱交出最近一周间的日记。可是我并没有日记。在二十岁前后的数年间，曾继续不断地写过十几本日记；成了习惯，就与刷牙漱口一样，一天不写是很不舒服的。怎样会间断下来，现在已想不起了。这十几本东西包得好好地，放在一个书箱里，在今春上海战役中失去了。

有一些人确然应该写日记；但是像我这样生活简单的人似乎没有必要。今天和昨天相仿佛，明天又和今天差不多，如果写，无非刻板文字。即就最近的一周间说，写日记时就将每天是"看稿多少篇，校样多少张，撰小学国语课文多少课。"这有什么意义？

从家里的床而工作所的椅子，而家里的椅子，这样就是一天，第二天照样。莫说有冬夏而无春秋，就是最近半个月的酷热，也只觉腕底的汗沾湿了纸张而已。若说这就是夏令，似乎殊无凭证：耳不闻蝉声，目不见荷花，纳凉消暑的韵事也不曾做过，但是我并不叹惋，以为这样的生活非人所堪。春间炮火连天，每天徘徊街头或者枯坐在避难所里，愤慨百端，但没有一事可为，那时候我尝到了空着手不做事的强烈的苦味；聊自排遣，曾经缝了一身自己的衫裤。自从有了这经验，我比以前不怕忙迫了，有可做，尽量做；节候之感谁还管。——如果写日记，这一节倒是可以写上去的。

「心是分别不开的」

前晚善儿将就睡，倦意已笼住他的眉目，忽带懊丧地说："听济昌说，明天他要跟着祖父母母亲回苏州了。"

在仁级里，济昌是善儿最好的朋友，当善儿讲起学校里的玩戏时，我们往往不思念地问："是不是同济昌？"或者陈说功课的成绩时，我们也常常会问："那么济昌的成绩怎样？"

听善儿这么说，知道离别之感袭入他的心了。而在我，更触动了似已淡忘而实在只是避开来不去触着它的生死之感，颇觉凄然，看了善儿含愁的倦脸，说，"你有点舍不得吗？"

"有点的。"善儿说了，又带希望的神情说，"他说母亲说的，隔几时就要回到这里来的。"

据我所知他们要久住在故乡苏州了。但是母亲这样说，这就可以窥见母亲的苦心；而济昌骤然离开他住惯了的学校以及亲热惯了的朋友，小心里怎样地怅怅不欢，也可从此得点消息。然而在善儿，这是个将来的好梦，又何忍惊破它呢？因随口说："他是你最好的朋友不是？"

"是，我同他最好。"

"你们也有争执的时候吗？"

"也有的。但是上了一课下来，又像平时一样地和好了。"

"大半为些什么事情呢？"

"常常为讲到一件事情，他说这样，我说那样，就争起来了。"

"唔。"我不禁想到两个孩子以外去。一会儿，才又问："你明天怎样去送别好朋友呢？"

"我想送他一张画片，装在镜框里。"

"好的。对他说些什么呢？"

"因为与你分别，把这个送给你，做个纪念。"

"也好的。你还可以这样说：我们虽然分别，但心是分别不开的。我们要常常写信，讲种种的话，像从前一样到苏州去的时候，一定第一个去看你。你回来的时候，也希望马上来看我。"

善儿脸上的睡意渐渐消散，离愁也为希望所胜，自去检出镜框画片来，装好了，用纸包起，在纸面署上济昌同自己的名字。

昨天下午回家，善儿已从学校里回来了，我就问："送别了济昌不曾？"

善儿怏怏地说："他到学校里取东西，就把镜框送给他。"

"他说了什么？"

"没有说什么。"

"你说了些什么？"

"我说你到了苏州就把地址寄给我。"

"没说别的吗？"

善儿默然了。

我凝望着淡淡地涂在墙上的斜方形的晚阳，心想两个孩子这样默默地分别，未始不是一出小悲剧呢。

＊ ＊ ＊

济昌的父亲宾若君，我永远纪念的好友，是给火车轮碾伤而惨死的。在我的黏照片簿子里，有他一帧半身的遗像，我在上边题曰："是具真诚能实行的教育家。"

宾若君在甪直当高小学校校长，先后邀伯祥同我去当教员。本来是同学，犹如亲兄弟一样，复为同事，真个手足似的无分彼此，只觉各是全体的一部分。我因年轻不谙世故，当了三数年的教师，单感这一途的滋味是淡的，有时甚且是苦的；但自从到甪直以后，乃恍然有悟，原来这里头也颇有甜津津的味道。

宾若君不好空议论，当然也不作现在所谓宣传性质的文字，他对于教育只是"认真"，当一件事做去。在未到甪直之前，先在诗人所萦系的虎丘下的七里山塘当小学校长。山塘的店家每看宾若君的往还作他们的时计；而学生家属有难决的事，如关于疾病资产营业等的，宾若君往往是他们的重要顾问：这就见得他不单是个教读书写字的教师。

我与他同事以后，只觉他的诚恳远过于我，竟略带压迫的力量。学生偶犯过失，他邀这犯过的学生到自己的办事室里，详细地开导，严正而慈悯，往往至一点钟两点钟未了，那学生揩着悔悟的眼泪退出，宾若君自己的眼眶也好像湿润了。他热心于卫生常识的传授，以为这是一切基本的基本，所以讲刷牙齿洗澡等每至两三星期，讲了之后，还要看学生一一依着做了才觉放心。

他并不主张什么教育什么教育像其他的教育者。

他的唱歌是学生时代早著名的，曼声徐引，有女性的美而无其靡。课毕，学生回去了，我们有时沽酒小酌，酒既半醺，他按拍而歌，双颜红润，殊觉可爱。数阕以后，歌者听者皆觉无上快适，已消散了积日的勤劳。

我对于他也有不满意之点，就是他略带黏滞的性质。他总是"三思而后行"，而我以为未免多了一思或两思。但是，轻忽债事的先例正多呢，像他这样审虑再四，欲行又止，即从最平常的方面说，也未必不因而少债了几件事。所以，我的不满意只因彼此的气质有不同罢了。

* * *

那年暑假已过，我因父亲去世，移家住甪直。宾若君家里有事，来了又回去，说两三天就来。但第三天没有来。他是不肯失约的，这不来颇使我们疑怪，揣度的结论是他患病了。次日傍晚，两艘航船都已泊在埠头，连船夫也散得渺无踪迹，而他仍杳然。我同伯祥回家，正在谈论他的病不知究竟重不重，那每晚来一趟的瘦脸邮差送信来了。伯祥接信，看了看，似乎放心又略带惊讶地说：

"果然，他病了，信是他的老太爷写的。"

"啊！"伯祥抽出信笺看，突然叫起来，我赶忙凑近去看，八九行的话，似乎个个字是生疏的，重看一遍方得明白。信里说宾若君在昆山下车，车尚未停稳，失足陷入月台与车身之间，致下半身被轧受伤甚重；现由路局送回苏州，入福音医院医治；医生说暂时没有把握，要看一两天内经过情形再说。

这消息于我们真是一声霹雳似的震撼；也不是悲伤，也不是惊惶，实无以名心头一时的情状。想到这具有真诚的心的可贵的身躯正淌着红血，想到老年的父母亲爱的哥哥正在伤心这猝然降临的不幸，我们的心都麻木了……

次日，这消息震荡了全学校的心，有如突然来了狂飙。

又次日，我们买舟到苏探视。原是怀着寒怯的心情的，到望见福音医院低低的围墙时，全身仿佛被束缚了，不相信停会儿会有登岸跨进门去的勇气。"唯愿是梦里吧！"这样无聊地想。

　　同梦里一样，恍惚地登岸，恍惚地进医院的门。繁密的绿叶遮蔽了下射的阳光，沙路阴森森的，树以外飘来礼拜堂里唱颂祷诗的沉静而带悲哀的声音，一缕哀酸直透心胸，我流泪了。

　　前边来了宾若君的大哥勖初君，我们迎上去问，差不多都噤口了，只简短地低低地说："怎样？"

　　勖初君的眼睛网着红筋，悯然的，想来已经过度的失眠而且流了好些的泪吧。他摇头默叹，说宾若君失血太多了，至于十之六七，下半身无处不烂，肠也有被轧出来，简直无望了。

　　立刻要去看见的是个未死而被判定必死的好友，还能有余裕想什么！无形的大石块早紧紧压住我们了。我们承着这无形的大石块踅进病房，一切所见全是浮泛的，也不会嗅到病房里应有的药气或者其他的气味。

　　宾若君盖在红色的被单之下，这个想是医院里特别预备来混淆可怕的血迹，以减轻视疾者的忧惧的吧。但是我们明知这里面藏着半截腐烂了的身体，虽然用红色，又有什么用呢？他的脸纯乎灰白，眼睛时时张开，头发乱结得像衰草。他神志还清，抬起眼来望着我们，说："你们来看我了，谢谢。我的毛病……学校……唔……唔……"一阵剧痛打断了他的话。

　　除了"你放心养病，一切都有我们在"这样虚空的安慰语，还有什么可说的？不知怎样的，两条腿就把我们载出这间病室，与直躺着的宾若君分别了。伤心呵，这就是永远永远的分别，我竟不曾仔细地多看他一眼!

记得床头立着个悲伤的影子,默默的低头,是宾若君的夫人。

＊　＊　＊

受伤后的七天,宾若君才离弃了人世。我因牵于校课,不曾去送殓。后来知道,宾若君在最后的两三天里是吃尽了剧烈的痛楚的。血流得越多,残破的肌肉和内脏越发不可收拾,痛觉也越见利害。不晓几千百回的沉吟哀号,不晓几千百回的辗转反侧,教侍侧的人想不出一点办法。医生给他打吗啡针,麻醉他的痛觉,但不见大有效,还是一阵阵地痛。后来他实在担当不住了,对于自己的命运也已明白,含着眼泪哀恳他的二哥致觉君说:"二哥,你是我的亲哥哥,疼我的,请设法让我早点死去吧!"

致觉君是个诚笃的人,虽然万分伤心,却同意于宾若君的要求,就去同医生商量。

把病人看做死物一般的医生只是摇头;他们对于病人亲属的眼泪和哀泣,原视同行云流水,无所容心。

"他不是绝对没有希望了吗?"

"是的,绝对没有希望。"

"他当不起强烈的痛楚呢!"

"我们能够做的,就是给他打针。"

“打了针还是痛。”

“这就没有办法了。”

“与其教他多延时刻，多吃痛苦，还不如让他早点解脱：这是我们对于他的唯一的帮助，我们人，人有同情心，不这样做是我们的罪过！”

“向来没有这个办法。”

“哥罗芳之类，你们不是惯用的吗？只要分量适合，给他一嗅就完事了。”

“我不能依你，因为我是医生。”

“病人自己愿意。”

“不相干。”

“我用病人的亲哥哥的名义给你写笔据，并且签字在上面！”致觉君郁悒久了的心情一不自禁，泪珠同哭声迸裂而出，鹘落地跪在医生面前。“医生，我求你，求你的仁慈，请你依我的话！该是犯罪，是杀人，都由我承当！”

“但是医生的宣誓是决不弄死一个尚有一线生机的生命。”

“不管病人的比死还难堪的痛苦吗？”

“虽然痛苦，生机未尽的决不绝灭他的生机。”

“这是人情嘛！”致觉君转为愤愤了。

“不问人情不人情，当医生就得如此。”医生还是那样冷静。

这样，致觉君只得怀着自己害了弟弟似的歉心再去坐在宾若君的榻前，直看他的生命一丝一丝地自己断绝！

* * *

宾若君受伤的消息才传出的时候，好些的人便开始"逐鹿"，希望继任校长；他们用了各色各样的方法，有巧捷的，也有拙劣的。这且不用管。到他的死信传来，学校里立刻笼着一重惨雾，却是千真万真的事实。特地为他唱追念的歌，特地为他刻碑砌入教务室的墙壁，都是用了神灵如在的信念来作的。

开追悼会的一天，致觉君出席道感谢。还没有开口，出于天性的友爱的眼泪先已流满两颊，开口时是凄苦的声音。我忍不住低下头来哭了。

* * *

各有各的伤心，可以到一样的深度而各异其趣，所以说谁最伤心其实是不合的。但据传闻的消息，宾若君的母亲却太伤心了。她因宾若君死于火车，视火车如残暴的恶魔。偏是住家贴近西城，每天城外来往的火车不知经过多少回，就得听不知多少回凄厉的汽笛。她听着，心就震荡了，仿佛更将夺去她的别的宝贝！有时惘然失神了，有时泫然下泪了。忧伤痛苦笼罩她的一切，差不多没法继续她的生活。

关亡招魂之类的方术经人推荐，便时时一试。这当然是迷信；但是只要想起母性的生死不渝的爱，你就不会有那种心存鄙弃的轻薄的行为了。

其中一个术者声誉最高，也说得最动听。她说宾若君已在某某菩萨座侧为童子，光明而快乐；如果生者多多给他念些经卷，升天成佛是十分稳当的。

这是一条新的道路！她开始念经，用着坚强的信念，以为果得升天成佛，也就差足安慰。直到现在，念经是她的日课——将永远是她的日课了。

然则念经完全替代了忧伤痛苦吗？此殊未必，有一事可以证明。因前年江浙战争，他们全家搬来，住在致觉君处。每天下午没到四点半，她必倚着楼廊的栏杆，望致觉君归来。望到了，这才安心，知道放了出去的宝贝重复回入掌中。致觉君偶或因事迟归，虽经先期禀明，她必对灯等候，直到看见儿子的笑容确已呈现于面前，然后就睡。使她致此的根原，不就是永远不得磨灭的忧伤痛苦吗？

* * *

有时经过致觉君家，望见宾若夫人寂寞的侧影，或在灌花，或在闲立，心头就不禁黯淡了。抱着终生的悲哀，为恐伤翁姑的老怀，想来时时须自为敛抑的吧；而为孩子的前途起见，想也不愿意多给他伤感的印象：于是只有闷闷地暗自咀嚼那悲哀的滋味，这比诸哀号长叹，尽情倾吐，其难堪岂止十倍！

看见济昌，我同样地黯然，虽然他是个苹果红的面颊乌亮亮的眼睛的可爱的孩子。

宾若夫人对于济昌，听说是竭尽了所有的心力的，差不多她自己生存的意义就是为看孩子。

济昌与善儿成为很好的朋友，我觉得安慰，父亲与父亲突然中断的缘分，让他们好好接续下去，直到永远吧！有一次，善儿来说济昌小病新愈，在家寂寞，济昌的母亲的意思要他去陪着济昌玩。我听说，催善儿立刻去；能够使人慰悦的事总是我们应该做的，何况需要慰悦的是济昌母子俩！

现在，两个孩子暂时分别了。我愿"心是分别不开的"这句话说得真切，他们永远是很好的朋友，把父亲与父亲的友情锻炼的更深厚更坚结，联系在他们的中间。这不单是济昌的母亲祖父母伯父等及我的欢喜，也应是永生在我意念中的宾若君的一种安慰。

一九二六年十一月七日作

一
三
五

与佩弦

　　每回写信去，总问几时来上海，觉得有许多的话要向你细谈。你来了，一遇于菜馆，再见于郑家，三是你来我家，四呢，便是送你到车站了。什么也没有谈，更说不到"细"，有如不相识的朋友，至多也只是"颠头朋友"①那样子，偶然碰见，说些今天到来明天动身的话以外，就只余默默地了。也颇自为提示，正是满足愿望的机会，不要轻易放过。这自然要赶快开个谈论的端，然后蔓延不断地讲下去才对。然而什么是端呢？我起始觉得我所怀的愿望是空空的，有如灯笼壳子，我起始懊悔平时没有查问自己，究竟要向你细谈些什么。端既没有，短短的时光又如影子那样移去无痕，于是若有所失地，又"天各一方"了！

　　过几天后追想，我所以怀此愿望，以及未得满足而感失望，乃因前此晤谈曾经得到愉悦之故。所谓愿望，实在并不是有这样那样的话非谈不可，只是希冀再能够得到从前那样的愉悦。晤谈的愉悦从哪里发生的呢？不在所谈的材料深微或伟大，不在究极到底而得到结论（这些固然也会发生愉悦，但不是我意所存），乃在抒发的随意，如闲云之自在，印证的密合，如呼吸之相通。如你所说的：

……促膝谈心，随兴趣之所至。时而上天，时而入地，时而论书，时而评画：时而纵谈时局，品鉴人伦，时而剖析玄理，密诉衷曲……

可谓随意之极致了。不比议事开会，即使没法解决，也总要勉强作结论，又不比登台演说，虽明知牵强附会，也总要勉强把它排成章节。能说多少，要说多少，以及愿意怎样说，完全在自己的手里，丝毫不受外面的牵掣。这当儿，名誉的心是没有的，利益的心是没有的，顾忌欺诳等心也都没有，只为着表出内心而说话，说其所不得不说。在这样的进程中随伴地感着一种愉悦，其味甘而永，同于艺术家制作艺术品时所感到的。至于对谈的人，定是无所不了解，无所不领会，真可说彼此"如见其肺肝然"的。一个说了这一面，又一个推阐到那一面，一个说如此如此，又一个从反面证明决不如彼如彼，这见得心与心正共鸣，合为妙响。是何等的愉悦！就是一个说如此，又一个说不然，一个说我意云尔，又一个说殊觉未必：因为没有名誉利益等等的心在里头作祟，所以羞愤之情是不会起的，驳诘到妙处，只觉得共同寻到胜地的样子，愉悦也是共同的。

　　这样的境界是可以偶遇而不可以特辟的。如其写个便条，说"月之某日，敬请驾临某地晤谈，各随兴趣之所至，务以感受愉悦为归。"到那时候，也许因种种机缘的不凑合，终于没什么可说，兴味索然的。就如我希望你来上海，虽然不曾用便条相约，却颇怀着写便条的心理。而结果如何？不是什么也没有谈，若有所失地，又"天各一方"了嘛！或在途中，或在斗室，或在将别以前的旅舍，或在久别初逢的码头，各无存心，随意倾吐，不觉枝蔓，实已繁多。忽焉念起：这不已沉入了晤谈的深永的境界里吗？于是一缕愉悦的心情同时涌起，其滋味如初泡的碧螺春，回味适才所说，一一隽永可喜，这尤其与茶味的比喻相类。但是，逢到这种愉悦初非意料的。那一年的岁尽日，与你同在杭州，晚间起初觉得无聊，后来不知谈到了什么，兴趣好起来了，彼此都不肯就此休歇，电灯熄了，点起白蜡烛来，离开了憩坐室来到卧室里，上床躺着还是谈说，两床中间是一张双抽屉的桌子，桌上是两支白蜡烛。后来你看时计，你说一首小诗作成了，念给我听，是

　　除夜的两支摇摇的白烛光里，

　　我眼睁睁瞅着

　　一九二一年轻轻地踅过去了。

＊　＊　＊

你每次来上海总是慌忙的。颧颊的部分往往泛着桃花色；

行步急遽，仿佛有无量的事务在前头；而遗失东西尤为常事，如去年之去，墨水笔同小刀都留在我的桌上。其实岂止来上海时，就是在学校里，课前的预备，我见你全神贯注，表现于外面的情态是十分紧张；及到下课，对于讲解的回省，答问的重温，又常常红涨着脸。你欢喜用"旅路"这类的词儿，我想借用周作人先生称玉诺的"永远的旅人的颜色"②一语来形容慌忙的神气，可谓巧合。我又想，可惜没有到过你的家里，看你辞别了旅路而家居的时候是不是也这么慌忙的。但我想起了"人生的旅路"的话时，就觉得无须探看，"永远的旅人的颜色"大概总是"永远的"了。

你的慌忙，我以为该有一部分的原因在你的认真。说一句话，不是徒然说话，要掏出真心来说；看一个人，不是徒然访问，要带着好意同去；推而至于讲解要学者领悟，答问要针锋相对：总之，不论一言一动，既要自己感受喜悦，又要别人同沾美利（你从来没有说起这些，自然是我的揣度，但我相信"虽不中不远矣"）。这样，就什么都不让随便滑过，什么都得认真。认真得利害，自然见得时间之暂忽。如何教你不要慌忙呢！

看了你的《"海阔天空"与"古今中外"》一文的人，见你什么都要去赏鉴赏鉴，什么都要去尝尝味儿，或许要以为你是一个工于玩世的人。这就错了！玩世是以物待物，高兴玩这件就玩这件，不高兴则丢在一边，态度是冷酷的。而你的情形岂是这样呢！你并非玩世，是认真处世。认真处世是以有情待物，彼此接触，就交付以全生命，态度是热烈的。要讲到"生活的艺术"，我想只有认真处世的才配；"玩世不恭"，光棍而已，艺术家云乎哉！——这几句就作你那篇文字的"书后"，你以为用得着吗？

* * *

这回你动身，我看你无改慌忙的故态。旅馆的小房间里，送行客随便谈说，你一边听着，一边拣这件，看那件，似乎没甚头绪的模样。馆役唤来了，教把你新买的一部书包在铺盖里，因为箱子网篮都满满了。你帮着拉毯子的边幅，放了一边又拉一边，更有伯祥帮着，但结果只打成个"跌ㄕㄜ铺盖"。③ 于是你把新裁的米通长衫穿起来，剪裁宽大，使我想起法师的道袍；你的脸上略带着小孩子初穿新衣那样的骄意与羞惭。一行人走出旅馆，招呼人力车，你则时时回头向旅馆里面看。记认耶？告别那？总之，这又见得你的"认真"了。

在车站，你怅然地等待买票，你来回找寻送行李的馆役，在这黄昏的灯光和朦胧的烟雾里，"旅人的颜色"可谓十足了。这使人想起前年的这个季候在这里送颉刚，颉刚也是什么都认真的，而在行旅中常现慌忙之态，也同你一样。自从这一回送别之后，还不曾见过，我深切地想念他了。

几个人着意搜寻，都以为行李太重，馆役沿路歇息，故而还没送到。哪知他们早已到了，就在我们旋旋转的那块地方的近旁。这可见你慌忙得可以，而送行人也不无异感塞住胸头。

为了行李过磅，我们同看那个站员的鄙夷不屑的嘴脸。他没有礼貌，没有同情，呼叱般喊出重量同运费的数目。我们何暇恼怒；只希望他对于无论什么人都是这样子，即使是他的上司或洋人。

幸而都弄清楚了，你的两手里只余一只小提箱和一个布包。"早点去占个座位吧"，大家对你这样说。你答应了，点头，欲回转身，重又点头，脸相很窘地踌躇一会之后，你似乎下了大决心，转身径去，头也不回，没有一歇工夫，你的米通长衫的背影就消失在站台的昏茫里了。

① 是苏州话，言仅仅识面的朋友，颠念ㄉㄜ音。
② 见《自己的园地》三四八页。
③ ㄕㄜ，苏州方言，松散的意思。

两法师

在功德林去会见弘一法师的路上，怀着似乎从来不曾有过的洁净的心情；也可以说带着渴望，不过与希冀看出著名的电影剧等的渴望并不一样。

弘一法师就是李叔同先生，我最初知道他在民国初年；那时上海有一种《太平洋报》，其艺术副刊由李先生主编，我对于所载他的书画篆刻都中意。以后数年，听人说李先生已出了家，在西湖某寺。游西湖时，在西泠印社石壁上见李先生的"印藏"。去年子恺先生刊印《子恺漫画》，丏尊先生给它作序文，说起李先生的生活，我才知道得详明一点；就从这时起，知道李先生现称弘一了。

于是，不免向子恺先生询问关于弘一法师的种种。承他详细见告。十分感兴趣之余，自然来了见一见的愿望，便向子恺先生说起了。"好的，待有机缘，我同你去见他。"子恺先生的声调永远是这样朴素而真挚的。以后遇见子恺先生，就常常告诉我弘一法师的近况：记得有一次给我看弘一法师的来信，中间有"叶居士"云云，我看了很觉惭愧，虽然"居士"不是什么特别的尊称。

前此一星期，饭后去上工，劈面来三辆人力车。最先是个和尚，我并不措意。第二是子恺先生，他惊喜似的向我点头。我也点头，心里便闪电般想起"后面一定是他"。人力车夫跑得很快，第三辆车一霎往后时，我见坐着的果然是个和尚，清癯的脸颊下有稀疏的长髯。我的感情有点激动，"他来了！"这样想着，屡屡回头望那越去越远的车篷的后影。

第二天，便接到子恺先生的信，约我星期日到功德林去会见。

是深深尝了世间味，探了艺术之宫的，却回过来过那种通常以为枯寂的持律念佛的生活，他的态度应是怎样，他的言论应是怎样，实在难以悬揣。因此，在带着渴望的似乎从来不曾有过的洁净的心情里，更掺着一些恼悦的分子。

走上功德林的扶梯，被侍者导引进那房间时，近十位先到的恬静地起立相迎。靠窗的左角，正是光线最明亮的地方，站着那位弘一法师，带笑的容颜，细小的眼里眸子放出晶莹的光。丏尊先生给我介绍之后，教我坐在弘一法师的侧边。弘一法师坐下来之后，便悠然地数着手里的念珠，我想一颗念珠一声阿弥陀佛吧。本来没有什么话要同他谈，见这样更沉入近乎催眠状态的凝思，言语是全不需要了。可怪的是在座一些人，或是他的旧友，或是他的学生，在这难得的会晤顷，似应有好些抒情的话同他谈，然而不然，大家也只默默然不多开口。未必因僧俗殊途，尘净异致，而有所矜持吧。或者，他们以为这样默对一二小时，已胜于十年的晤谈了。

晴秋的午前的时光在恬然的静默中经过，觉得有难言的美。

随后又来了几位客，向弘一法师问几时来的，到什么地方去那些话。他的回答总是一句短语；可是殷勤极了，有如倾诉整个的心愿。

因为弘一法师是过午不食的，十一点钟就开始聚餐。我看他那曾经挥洒书画弹奏音乐的手郑重的夹起一荚豇豆来，欢喜满足地送入口里去咀嚼的那种神情真惭愧自己平时的乱吞胡咽。

"这碟子是酱油吧？"

以为他要酱油，某君想把酱油碟子移到他面前。

"不，是这位日本的居士要。"

果然，这位日本人道谢了，弘一法师于无形中体会到他的愿欲。

石岑先生爱谈人生问题，著有《人生哲学》，席间他请弘一法师谈一点关于人生的意见。

"惭愧，"弘一法师虔敬地回答，"没有研究，不能说什么。"

以学佛的人对于人生问题没有研究，依通常的见解，至少是一句笑话。那么，他有研究而不肯说吗？只看他那殷勤真挚的神情，见得这样想时就是罪过。他的确没有研究。研究云者，自己站在这东西的外面，而去爬剔，分析，检察这东西的意思。像弘一法师，他一心持律，一心念佛，再没有站到外面去的余裕，哪里能有研究呢？

我想，问他像他这样的生活，觉得达到了怎样的一种境界，或者比较落实一点。然而健康的人不自觉健康，哀乐的当时也不能描状哀乐；境界又岂是说得出的。我就把这意思遣开；从侧面看弘一法师的长髯以及眼边细密的皱纹，出神久之。

饭后，他说约定去见印光法师，谁愿意去可同去。印光法师这名字知道得很久了，并且见过他的文钞，是现代净土宗的大师，自然也想见一见。同去者计七八人。

决定不坐人力车，弘一法师拔脚便走，我开始惊异他步履的轻捷。他的脚是赤了的，穿一双布缕缠成的行脚鞋。这是独特健康的象征啊，同行的一群人，哪里有第二双这样的脚！

惭愧，我这年轻人常常落在他的背后。我在他背后这样想：——

他的行止笑语，真所谓纯任自然的，使人永不能忘。然而在这背后却是极严谨的戒律。丏尊先生告我，他尝叹息中国的律宗有待振起，可见他的持律极严的。他念佛，他过午不食，都为的持律。但持律而到非由"外铄"的程度，人便只觉他一切纯任自然了。

　　似乎他的心非常之安，躁忿全消，到处自得；似乎他以为这世间十分平和，十分宁静，自己处身其间，甚而至于会把它淡忘。这因为他把所谓万象万事划开了一部分，而生活在留着的一部分内之故。这也是一种生活法，宗教家，艺术家大概采用。并不划开一部分而生活的人，除庸众外，不是贪狠专制的野心家，便是社会革命家。

　　他与我们差不多处在不同的两个世界。就如我，没有他的宗教的感情与信念，要过他那样的生活是不可能的。然而我自以为有点了解他，而且真诚地敬服他那种纯任自然的风度。哪一种生活法好呢？这是愚笨的无意义的问题。只有自己的生活法好，别的都不行，夸妄的人却常常这么想。友人某君曾说他不曾遇见一个人他愿意把自己的生活与这个人对调的，这是踌躇满志的话。人本来应当如此，否则浮漂浪荡，岂不像没舵之舟。然而某君又说尤紧要的是同时得承认别人也未必愿意与我对调，这就与夸妄的人不同了；有这么一承认，非但不菲薄别人，且能致相当的尊敬。彼此因观感而化移的事是有的。虽说各有其生活法，究竟不是不可破的坚壁；所谓圣贤者转移了什么什么人就是这么一回事。但是板着面孔专事菲薄别人的人决不能转移了谁。——

　　到新闸太平寺，有人家借这里治丧事，乐工以为吊客来了，预备吹打起来。及见我们中间有一个和尚，而且问起的也是和尚，才知道误会，说道"他们都是佛教里的"。

寺役去通报时，弘一法师从包袱里取出一件大袖的僧衣来（他平时穿的，袖子同我们的长衫袖一样），恭而敬之地穿上身，眉宇间异样地静穆。我是欢喜四处看望的，见寺役走进去的沿街的那房间里，有个躯体硕大的和尚刚洗了脸，背部略微佝着，我想这一定就是。果然，弘一法师头一个跨进去时，便对这和尚屈膝拜伏，动作严谨且安详。我心里肃然。有些人以为弘一法师当是和尚里的浪漫派，看这样可知完全不对。

印光法师皮肤呈褐色，肌理颇粗，表示他是北方人；头顶几乎全秃，发着亮光，脑额很阔；浓眉底下一双眼睛这时虽不戴眼镜，却同戴了眼镜从眼镜上面射出眼光的样子看人；嘴唇略微皱瘪；大概六十左右了。弘一法师与印光法师并肩而坐，正是绝好的对比，一个是水样的秀美，飘逸，而一个是山样的浑朴，凝重。

弘一法师合掌恳请了，"几位居士都欢喜佛法，有曾经看了禅宗的语录的，今来见法师，请有所开示，慈悲，慈悲。"

对于这"慈悲，慈悲，"感到深长的趣味。

"嗯，看了语录。看了什么语录？"印光法师的声音带有神秘味。我想这话里或者就藏着机锋吧。没有人答应。弘一法师便指石岑先生，说这位居士看了语录的。

石岑先生因说也不专看哪几种语录，只曾从某先生研究过法相宗的义理。

这就开了印光法师的话源。他说学佛须要得实益，徒然嘴里说说，作几篇文字，没有道理；他说人眼前最紧要的事情是了生死，生死不了，非常危险；他说某先生只说自己才对，别人念佛就是迷信，真不应该。他说来声色有点严厉，间以呵喝。我想这触动他旧有的愤念了。虽然不很清楚佛家所谓"我执""法执"的涵蕴是怎样，恐怕这样就有点近似。这使我未能满意。弘一法师再作第二次的恳请，希望于儒说佛法会通之点给我们开示。

印光法师说二者本一致，无非教人父慈子孝兄友弟恭，等等。不过儒家说这是人的天职，人若不守天职就没有办法。佛家用因果来说，那就深奥得多。行善便有福，行恶便吃苦：人谁愿意吃苦呢？——他的话语很多，有零星的插话，有应验的故事，从其间可以窥见他的信仰与欢喜。他显然以传道者自任，故遇有机缘，不惮尽力宣传；宣传家必有所执持又有所排抵，他自也不免。弘一法师可不同，他似乎春原上一株小树，毫不愧怍地欣欣向荣，却没有凌驾旁的卉木而上之的气概。

在佛徒中间，这位老人的地位崇高极了，从他的文钞里，见有许多的信徒恳求他的指示，仿佛他就是往生净土的导引者。这想来由于他有很深的造诣，不过我们不清楚。但或者还有别一个原因。一般信徒觉得那个"佛"太渺远了，虽然一心皈依，总未免感得空虚；而印光法师却是眼睛看得见的，认他就是现世的"佛"，虔敬崇奉，亲接謦欬，这才觉得着实，满足了信仰的欲望。故可以说，印光法师乃是一般信徒用意想来装塑成功的偶像。

弘一法师第三次"慈悲，慈悲"地请求时，是说这里有言经义的书，可让居士们"请"几部回去。这"请"字又有特别的味道。

房间的右角里，装订作似的，线装和装的书堆着不少：不禁想起外间纷纷飞散的那些宣传品。由另一位和尚分派，我分到黄智海演述的《阿弥陀经白话解释》，大圆居士说的《般若波罗密多心经口义》，李荣祥编的《印光法师嘉言录》三种。中间《阿弥陀经白话解释》最好，详明之至。

于是弘一法师又屈膝拜伏，辞别。印光法师点着头，从不大敏捷的动作上显露他的老态。待我们都辞别了走出房间时，弘一法师伸两手，郑重而轻捷地把两扇门拉上了。随即脱下那件大袖的僧衣，就人家停放在寺门内的包车上，方正平帖地把它折好包起来。

弘一法师就要回到江湾子恺先生的家里，石岑先生予同先生和我便向他告别。这位带有通常所谓仙气的和尚，将使我永远怀念了。

我们三个在电车站等车，滑稽地使用着"读后感"三个字，互诉对于这两位法师的感念。就是这一点，已足证我们不能为宗教家了，我想。

一九二七年十月八日作

　　据说，佛家教规，受戒者对于白衣是不答礼的，对于皈依弟子也不答礼；弘一法师是印光法师的皈依弟子，故一方敬礼甚恭，一方点头受之。

一九三一年六月十七日记

不甘寂寞

今年夏间，铮子内姑母病殁。当热作昏沉的时候，对她的侄女口述四语道："凄风苦雨，是我归程。蓬莱不远，到处飞行。"

科学地说起来，所谓精神是有机体发达到了一定阶段所产生出来的，它是某一些有机体特有的生理上的属性或一种机能；换言之，它是有机体的神经系统所发生的一种作用；有机体破坏，精神作用也就跟着消灭。但是，就一般人情说，死如果等于"从此消灭"，把以前曾经存在的账一笔划断，那是非常寂寞的事。受不住这种寂寞，便来了死后依然存在的想头。依然存在，自当有所居的境界和相同的伴侣。这各依自己的信仰和想象来决定；在已经走近了生死的界线的当儿，往往会造成一些"奇迹"，供后死者传说无休。如信鬼者临死，会有祖先或亡故的亲属到来，导往冥土；基督徒便遇见生着鸟翅膀的天使，迎归天国；佛门弟子则由佛来接引，往生净土，试翻《净土圣贤录》，这类故事不可胜数。基督徒何以不会遇见祖先或亡故的亲属呢？蒙佛接引的又何以只限于信佛念佛的人？这其间的缘故，原是一想便可以明白的。

最受不住这种寂寞的应该是修持净土的人了。他们把死看做往生净土与堕入地狱的岐路口。其设想净土与地狱，都源于死后依然存在这一念；而净土悦乐，地狱痛苦，所以临到岐路口必须趋此舍彼。于是一心念佛，平生用尽工夫；指望临命终时，此心不乱，仍能称诵佛号蒙佛引归净土。还恐怕自力不够，便预先告诫亲属后辈，当己临终，慎勿啼哭，啼哭则此心散乱，便将堕入地狱苦趣；唯有助念佛号，最为功德无量。曾读当代某大师的文钞，厚厚的四本，差不多全讲这一些；教人对于死这一件大事怎样去做预备工夫。他们的不甘寂寞也就可想而知了。

"蓬莱不远"的蓬莱正无异于基督徒的天堂和佛门弟子的净土。

更从送死者这一方面说，断了气的一个人如果就此灵爽无存，斩绝了曾与世间发生过的一切关系，那也是非常寂寞的事。承认他存在于另一个世界里吧；唯有这样才好比宝物虽不在手头，而存放在外库里，并非就此失掉，便也足以自慰。从这一念，于是来了种种送死的花样。

这回因铮子内姑母的丧事，把久已忘怀了的故乡种种送死的花样温理了一过。逢七不请和尚唪经，便延羽士礼忏。教死者受佛门的戒，由和尚给与法名；另一方面，羽士起"给箓"的法场，派定死者在瑶池会上当一份小差使，也别有道号。佛教徒呢？道教徒呢？只好说"兼收并蓄。"逢七前一天，到各个城隍庙里去烧"七香"。城隍是冥土的地方官，到他们那里去烧香，无非希望他们对于新隶治下的鬼囚高抬贵手，不要十分难为；老实说，这是去行贿赂，既已是佛门的戒徒，瑶池会上的"职仙"，何以又成为城隍治下的鬼囚呢？这其间的矛盾谁也不去想。总之多方打点，只求于死者"死后的生活"有利。

纸制的服用器物，凡想得到的都特制起来焚化。细针凿花的是纱衣，纸背黏一点薄棉的是法兰绒，折成凹凸纹的是绒绳衫，灰纸剪细贴在衣里的是"小毛"，黄纸剪细贴在衣里的是"大毛"。桌椅箱笼，镜奁盘盒，乃至自鸣钟，热水瓶，色色俱备而且都是"摩登"的款式。因为死者生时爱打"麻将"，便付与一副麻将牌，加上三道"花"，还有"财神"和"元宝"，死者使用着这些器物，"死后的生活"大概很"舒齐"的了，只是还没有自己的房子，租赁人家的房子终非久计。据说在最近的将来就有一所纸房子为她建筑起来了。

死者每天进食三次，中午用饭，早晚用点食。食毕便焚化纸锭。逢食拿钱，这是阳世生活所没有的。唪经礼忏的日子则焚化得特别地多。统计七七中所焚化的纸锭，至少可以堆满半间屋子。普通纸锭是用一张锡箔折成的；还有用几张锡箔凑合摺成的中空的正方体，名之曰"库"，中间容纳一只菱形的小锭。这东西非常贵重，据说只须有极少的几个，便可以在冥土开一爿"典当"。这回焚化这样的"库"也不少。在冥土，新开的"典当"像上海四马路的书局一样，一家一家接连起来了吧。教死者去剥削穷鬼实非佳事，这一层当然不去想了；想到的只是从此死者将成为冥土的巨大的财主。

灵座旁安置一件铜器；名之曰"磬"却是碗形圆底的东西。每天须敲这东西四十九下；恐怕少敲或多敲，便用四十九个铜钱来记数。说道死者一直在那里趱行冥土的路程，而冥土是黑暗的，须待磬声一响，才有一段光明照见前路。如果少敲了，光明不继，那就有迷路的危险；多敲了呢，光明太强耀得趱行者眼花，也许会累她跌跤。这样说起来，死者并不住佛土，也不在瑶池，也不做城隍治下的鬼囚，也不安居冥土的寓所，享受丰美的起居饮食，也不当许多爿"典当"的大老板，吮吸穷鬼们的鬼脂鬼膏；却在那里做踽踽独行的"旅鬼"。

承认死者存在于另一个世界里，可是终于不能确定死者的境况，这因为这种种矛盾荒唐的花样原来由送死者想象出来的。送死者忙着这种种的花样，仿佛得到了抚慰，强烈的悲感便渐渐地轻淡了。

过节

逢到节令，我们依着老例祭祖先。苏州人把祭祖先特称为"过节"；别地方人买一点酒菜，大家在节日吃喝一顿，叫做"过节"；苏州人对于这两个字似乎没有这样用法。

过节以前，母亲早已把纸锭折好了。纸锭的原料是锡箔，是绍兴地方的特产。前几年我到绍兴去，在一个土山上小立，只听得密集市屋间传出达达的声音，互相应答，就是在那里打锡箔。

我家过节共有三桌。上海弄堂房子地位狭窄，三桌没法同时祭，只得先来两桌，再来一桌。方桌子仅有一只，只得用小圆桌凑一凑。本来是三面设座位的，因为椅子不够，就改设一面。杯筷碗碟拿不出整齐的全套，就取杂色的来应用。蜡盏弯了头。香炉里香灰都没有，只好把三支香搁在炉口算数。总之，一切都马虎得很。好在母亲并不拘拘于成规，对于这一切马虎不曾表示过不满。但是我知道，如果就此废止过节，一定会引起她的不快。所以我从没有说起废止过节。

供了香，斝了酒，接着就是拜跪。平时太少运动了，才过四十岁，膝关节已经硬化，跪下去只觉得僵僵的，此外别无所思。在满坐的祖先中间，记忆得最真切的是父亲跟叔父，因为他们过世最后。但是我不能想象他们同十几个祖先挤坐在两把椅子上举杯喝酒举筷吃菜的情状。又有一个十一岁上过世的妹妹，今年该三十八了，母亲每次给她特设一盆水果，我也不能想象她剥橘皮吐桃核的情状。

从前父亲跟叔父在日，他们的拜跪就不相同。容貌显得很肃穆，一跪三叩之后，又轻轻叩头至数十回，好像在那里默祷，然后站起来，恭敬地离开拜位。所谓"祭如在"，"临事而敬"，他们是从小就成为习惯了的。新教育的推行跟时代的转变把古传的精灵信仰打破，把儒家的报本返始的观念看得并没有什么了不得，于是"如在"既"如"不起来，"临事"自不能装模作样地虚"敬"，只成为一种毫无意义的例行故事：这原是必然的事情。

几个孩子有时跟着我拜；有时说不高兴拜，也就让他们去。焚化纸锭却是他们喜欢做的事情，在一个搪瓷面盆里慢慢地把纸锭加进去，看它给火焰吞食，一会儿变成白色的灰烬，仿佛有冬天拨弄炭火盆那种情味。孩子们所知道的过节，第一自然是吃饭时可有较好较多的菜；第二，这是家庭里的特种游戏，一年内总得表演几回的。至于祖先会扶老携幼地到来，分着左昭右穆坐定，吃喝一顿之后，又带着钱钞回去：这在孩子是没法想象的，好比我不能想象父亲跟叔父会到来参加这家族的宴飨一样。从这一点想，虽然逢时过节，对于孩子大概不致有害吧。

诗人

甲　近来有新诗吗？

乙　没有，久已没有了。

甲　啊！未免使诗坛寂寞。不知有多少
　　读者正在渴望着你的新诗呢。

乙　我倒没有想到这一层。

甲　在酝酿那更伟大更名贵的诗篇吧？

乙　一点也不。诗跟我疏远了，疏远得
　　像消散了的梦，我也不想去找它。

甲　这是多么可惊的事，诗会跟你疏远！
　　你遇到了什么意外的事吧？

乙　没有遇到什么意外的事，我还是平
　　常的我。

甲　那么…………

乙　那么什么？

甲　那么不应该变了常例，好久不作诗。
　　总有点不同往日吧？你得仔细省察
　　一下。

乙　也不用仔细省察，我只觉得近来填
　　满腔子的都是恨。

甲　喔，原来如此。是春恨呢还是别
　　恨？——这些都是再好不过的诗题。

乙　都不是，都不是。

甲　那么一定生老病死，人生无常，那个彻底的大恨了。这也是绝好的题材，古代的《诗经》跟《古诗十九首》里，就有属于达一类的好些名篇。

乙　也不是。告诉你，我所恨在乎"生"之后，"老病死"之前。

甲　在中间，中间是什么东西呢？

乙　我恨我们这个生活，我恨形成我们这个生活的社会。

甲　原来你不声不响，转成厌世派了。那么，也不妨作几首《游仙诗》《招隐诗》，聊以寄意呀。

乙　你的心思真像弹簧一般，听说恨这个生活，马上一弹弹到了厌世派。恨着这个，不可以望着那个吗？那个也是生活，也是社会呀。又哪里搭得上什么厌世派！

甲　这倒不错。我不妨把弹过去的自己捡回来。但是，我要听你说为什么要恨。

乙　啊，我们这个生活！愚昧高高地坐在顶上，抽着他的狠毒的鞭子；强暴密密地围在四周，刺着他的锋利的刀剑；不容声响，声响就是罪恶；不容喘息，喘息就是乖逆；再也不用说昂头挺胸走几步，放怀任意谈一场；你想，这还成什么生活？除了厌世派（他们本来就不愿意好好地活在世间），谁还能不恨？

甲　确然如此，确然如此。我也觉得有点怅怅然了。

乙　你跟我原是同一个网里的鱼呀。我们处在同一个社会里，
　　过着同样的生活，当然会抱着同样的恨。

甲　那么怎么办呢？我们正像同舟共济的伙伴，彼此该有个
　　商量。

乙　我自己跟自己商量过了，不妨告诉你。

甲　希望你的意思比金子还名贵。

乙　我的意思是这样：恨，不妨填满了腔子，不妨像海一样深，
　　可是，决不能徒然是恨，徒然是恨只有毁灭了自己，此外
　　没有半点结果。

甲　我也能明白，这是个虽简单却真实的道理。肚子饿的时候，
　　要是不想法子找东西吃，不是只有饿死了自己吗？

乙　怎么不是？并且，单只会恨，可是没有力量来消释这个恨，
　　这样的人配恨吗？这是丧失人格，也就是毁灭了自己。

甲　那么……

乙　所以我决意拿出我的力量来，亲自动手，把这个生活撕成
　　粉碎，让它再也拼凑不拢来；同时另外建造一个新的。

甲　好大的志愿！但是，这只怕不是你的事情。

乙　怎么不是我的事情？这不单是我的事情，而且也是你的事
　　情。

甲　你忘记了你是诗人了。

乙　我是诗人吗？

甲　你决不至于消失了记忆力。报纸杂志上提起你的名字，不
　　是总给加上"诗人"的字样吗？

乙　这是别人这样写的，我并没有关照他们这样写。

甲　他们这样写，原为你能够作诗的缘故。

乙　我虽然能够作诗，但是我也能够做人；与其称我为诗人，
　　不如直截了当称我为"人"好了。

甲　你究竟作了许多不是人人所能作的诗。

乙　所以必得称为诗人吗？

甲　正是这个意思。

乙　就算是诗人，又怎样呢？

甲　诗人自有他的园地，自有他的工作。诗人的收获能够清醒
　　人家的心灵，安慰人家的痛苦，具有无上的价值，正不必
　　再去栽培旁的。像你所说的，撕碎了一个，再来建造一个，
　　这太现实了，太功利了，是另外一种人的事情，不是诗人
　　的本分。

乙　原来这里头有这样一个圈套。

甲　什么圈套？

乙　世间的圈套很多，往往用很好的名目引你去钻，钻了进去
　　之后，你就休想有自由天地。譬如当尼姑，专门替人家忏
　　悔罪孽，超度幽魂，岂不是个很好的名目？但是当了尼姑
　　之后，任他春花秋月，总不容你"思"一思"凡"。《孽

海记》里的小尼姑可不管，她"思凡"而且"下山"，所以对于她的笑骂一直延到如今，并且可以料想，会延到很远的将来。这是何等可怕的一个圈套！用诗人的名称来加给人，无非是同样的圈套。

甲　你说笑话了哈哈。

乙　倒并非笑话。思凡是尼姑最切身的事，为什么当了尼姑就不许思凡？难道尼姑只该替人家忏悔罪孽，超度幽魂，却不该实现自己的愿欲吗？同样的情形，撕碎一个再来建造一个是我最切身的事，为什么被称为诗人的时候就做不得？难道诗人只该给人家当清心丸或者忘忧草，却不该当心自己的生活吗？——我若是尼姑，决不怕人家的笑骂，要思凡就思凡。我现在被称为诗人，虽然你说其他的事不是我的事，又岂能摇动了我的心呢？

甲　哈哈，你要把尼姑对比到底了吧？

乙　哦，十年二十年之后，也许有真好的诗出现，这好诗的作者也许就是我。

甲　欢喜之至，诗坛终究不至于寂寞了！

一九二六年

水患

甲　水只是涌进来，涌进我的田里，像山瀑归壑一般。我的天呀！我的田！

乙　你看我的田，白茫茫一片，竟改装为湖荡了。底下是葱绿的禾苗，现在该要腐烂了。啊，我的宝贝！我的生命！我的葱绿的禾苗！

甲　你这样说，更引起我的伤心。还是前十几天的时候，我已经发现了透出尖来的花穗。你想，假如没有这水灾，现在该是什么样子了？

乙　啊，我的眼泪要滴下来了！还不是漫天遍野，一片稻花香嘛！稻花香，稻花香，你在哪里？我张开了两个鼻管在嗅你呢，你在哪里？

甲　往后不堪设想呢！

乙　我简直不敢往后想。

甲　不敢想就完毕了吗？

乙　怎么讲？

甲　事实会教你不得不想。你有嘴，你有肚皮，你有老婆，你有儿子，你能够不想吗？

乙　我不过这样说说罢了。不瞒你说，我是三个整晚没有睡熟了，只是在那里想，想眼前的灾难，想将来的困苦。

甲　单是想想也没有用，我们该想法子。

乙　当然，我们该想法子。

甲　我想，我们有的是力量，给我们灾害的是冲决的河水，我们就该抵挡这河水。

乙　好，抵挡这河水！我把眼泪揩干了，我现在觉得我们的将来不定是困苦，说不定还是比往年更甚的满足。

甲　我们一起来工作吧！

乙　我们一起来工作！我们同志，我们一伙儿，现在大家先伸出手来。手在这里！

甲　手在这里！

乙　我们紧紧地握一握吧！

甲　我们紧紧地握一握吧！

＊　＊　＊

甲　你预备干什么？把衣服脱得精光？

乙　我要下水去，把河底的泥挖起来，故而脱了衣服。

甲　哈哈，好笨的法子。我不想脱衣服，也不预备挖起河底的泥，我只筑一道坝。所以我带了扁担簸箕来。

乙　一道坝！就有用了吗？

甲　防水筑坝，小孩子也明白的，怎样会没有用？

乙　你看上游的水来得多厉害，立刻会冲毁了你的坝。我不赞
　　成你这种苟且的法子！

甲　依你怎么样？

乙　我早已告诉你了，我要挖起河底的泥。待把河身挖得很深
　　的时候，上游的水势虽然急，也不会泛滥到我们的田里。

甲　嗤，等你把河身挖得很深的时候，现在浸在水底的禾苗早
　　已腐烂净尽了。我不赞成你这种迂远的法子！

乙　对不起，我是很相信自己的主张是可靠的，我不愿意丢了
　　自己的可靠的主张。

甲　你以为我是随便说说，不很相信自己的主张的吗？老实说，
　　我再三考量过，这边那边都想到，才决定这个主张的。我
　　愿意执持我的主张，比武士执持他的戈矛还要坚强。

乙　太可笑了，这等粗鲁的苟且的法子，也要执持着不肯改变，
　　不是愚笨是什么，不是成见是什么！

甲　你不要当着我的面说这等屁话，你要知道侮辱人家的意见，
　　比侵犯人家的身体还要罪恶，还要该死！不客气，像你这
　　等麻烦的迂远的法子，只有大大的笨伯才想得出，我也不
　　高兴来说你是什么了！

乙　你才是屁话！——我是什么？你说！你说！我定要你说！

甲　你定要我说，我不妨说。你在那里做梦！你的脑子是没有
　　三条皱纹的！

乙　太侮辱人了！你混账！你不是东西！

甲　你破口就骂！我也骂你，你是猪！是蠢然的猪！

乙　气死我了，同你这种东西一起站在大地上，真是倒霉！我要飞上天空去，先自洗去脚底里沾着的泥，因为这泥是你所站的这块地上的。

甲　我的肚皮也几乎给你气破了。我要另外去找一个太阳，再也不愿与你这蠢然的猪同在一个太阳的照临之下！

＊　＊　＊

甲　他真肯同我合作吗？现在的时代，好人早已死完了，而且骨头也化为灰尘了，活在世上的，谁也不会是好人。说什么公众的利益，说什么彼此的好处，说什么同志，说什么一伙儿，我都明白，全是挂在嘴唇上的门面语，说起来彼此耳朵里觉得好听些，脸上也似乎好看些。其实呢，第一是为自己，第二是为自己，第三第四还是为自己。他瞒得过我吗？他的田是有名的坏田，又是低，又是瘦，一亩田收不到几斗米。他醒里梦里都在那里祈祷，最好天公把他的田涨高几尺，又赏给他最好的肥料。可惜天公没有依从了他的愿望。现在，他想机会来了，借了抵挡水灾的名儿，就教我帮他的忙，去挖河底的泥。挖了泥起来，放在什么地方呢？他一定会说："随随便便放在我的田里就是了。"于是他的田就慢慢的高起来了。而且那河泥是多么肥呀。

是傻子才会上这个当，出了汗，费了气力，却去填高别人家的田！他这家伙真不张开眼睛的，会把这个当来给我上，真是猪！猪！

* * *

乙　真要给他气死的，"该想法子，该想法子，"原来他想他的法子，又教人家帮着他想他的法子！本来，同人家合伙做事，成功以后彼此只得各半的好处，现在的人是谁也不感满足的。他是特别的好人吗？我看看不像，我想他自己照着镜子看看也未必像。所以他的主张是完全为着他自己的好处的。他的田不是靠着河边吗？我听见他说不止一回了，"可惜这田岸太狭了；不然，在这里架一个罾，一边种田，一边捕鱼，倒是很好的事呢。"现在他主张筑坝，那是不用商量的，自然筑在他的田旁。坝筑好了是不会逃走的，于是他可以架起罾来捕鱼，而且牵一头牛走过也方便！来回登岸上船也方便了。这些完全是他的利益呀。但是要我帮他一半气力，而且是个好听的题目，协力合作，抵挡水患！我假若看不透他的诡计，才真是"大大的笨伯"呢。可恶透了，竟把人看做没中用的笨伯，真是混账！真不是东西！

* * *

水　哗——哗——一点没有障碍，一点没有阻挡，要到哪里就